KB059905

滿開
만개

육근상
시집

滿開
만개

솔
시선
21

일러두기

책 뒤에 부록으로 이 시집에 실린 시어들 중 사투리, 고유어, 난해하거나 낯선 말 등을 골라 'ㅇ'으로 표시하고 시어의 뜻을 풀이한 '낱말풀이'를 실었다. 우리말의 소중한 언어자원으로 육근상 시인의 시 세계를 올바르고 깊이 이해하는 데에 활용되길 바란다.

    살아내는 동안 큰 슬픔과 왜곡, 그리고 분노 있었다. 詩라도 있었으니 망정이지 내가 무슨 재주로 이 虛妄한 세월 견디어낼 수 있었겠나. 주목받지 못한 사소한 것들에게 『滿開』라 말 걸고 이름 붙여 보듬어 내보낸다.

    쓰는 동안 위로였던 소중한 벗들, 고맙다.

2016년 11월
가래울에서 육근상

| 차례 |

4부

1부

문

아, 입 벌린 저 가난을
들락거려야 하리
다 빼앗긴 대궁은 뼈를 갈아
여울˚ 내고 구름 세워도
참 쉽게 허물어져 흔들리는 문
나는 또 일어나 가야 하리

별을 빌어

마음 먼저 돌아눕는 저녁이네
설움은 별을 빌어
가느다란 눈으로 반짝이네
말 잊은 엄니° 서글픈 눈시울로 붉어지네

작은아버지는 왜 평생 얼음장만 짊어지고 사셨을까

집에서 나가라는 말처럼 차가운 저녁은
강물소리로 밀려오네
백열등은 흔들림도 없이
돌아누운 마음자리에 아니아니
도리질이네

東譚峙

처음은 검은색이었는데
강물 거슬러 오르는 꺽지° 보내 비늘빛 그려 넣었다

여름 이겨낸 바람이 곧게 가지 세우고 소나무처럼 잠깐
서 있다 고샅°으로 사라졌다 미루나무가 서쪽으로 휘어진
까닭은 새떼가 노을 몰고 우르르 내려앉았기 때문이라 했다

벌겋게 익은 강이 김 모락모락 피워 올려 가을 다 흘러가
버렸다 쪽창 열고 東譚峙° 헤집어 보라 일러두었다 밤새껏
머뭇거리다 돌아갈 길 묻던 등 굽은 노인이 큰기침 몇 번 하
자 수런거리던 이파리들이 뒤뜰에 조용히 내려앉았다

이끼

핏골° 할머니 누워 계신 골짜기는 온종일 응달이다

목사공파° 24세 낳고 세 살 되던 해 우무팅이° 한씨네 장손
한테 개가°하여
여섯 남매 더 두고 땅만 보다 가셨다

한식도 되어 무너진 담장 새로 치고
마당 한 바퀴 둘러보다 쏟아놓은 할머니 얼룩 궁금한 것인데
주춧돌°에 낀 이끼가 다닥다닥하니 一家 이루었다

저것도 다 내 식구려니 물이나 흠뻑 주고 뒷짐 지니
한씨네 소식 궁금한 것이 자꾸 헛기침 나온다
다들 안녕하신가

정처

한잔 술 하도나 물고 늘어지길래

큰맘 먹고 눌러앉았다 일어서는 중인데

구름 사이 五萬相 찌푸리던 보름달이

하늘 다 잡아먹고 서쪽 재촉하더니

성난 아내 휘영청 흔들리더니

滿開

꽃놀이 갔던 아내가
한 아름 꽃바구니 들고
흐드러집니다

선생님한테 시집간
선숙이 년이
우리 애들은 안 입는 옷이라고
송이송이 싸준 원피스며 도꾸리
방 안 가득 펼쳐놓았습니다

엄마도 아빠도 없이
온종일 살구꽃으로 흩날린
곤한 잠 깨워
하나하나 입혀보면서

아이 예뻐라
아이 예뻐라

쉰일곱이로되

 긍게° 말시° 내가 이 집 츰으루 발 딜여놨을 때 느° 아부지
돌 지나 아부지 잃고 시 살에 엄니 개가 허여 열여덟 될 때
까지 넘으 집으루만 떠돌다 거적때기°로 가린 변소간°에서
나오고 있더란 말시 온 세상 잡초는 여° 손바닥만 헌 마당
이다 짐 풀었는지 죄 얼크러져 구신鬼神이 놀다간 자리 같
더란 말시 그때 내 나이 스물잉게 뭘 알어 뱀 나올까 무서워
뒤도 안 돌아 보고 줄행랑 쳤더니 느 양할머니° 우리 집 행
랑채°에 먹고 자며 통사정허여 다시 들어 갔는디 말시 울타
리에 먼느므 대나무가 그케 가지런히 자랐던지 시방 생각
해 봉게 그것두 다 느 아부지 먹을 게 읎어° 죽순 따느라 싸
대고° 댕겨 만든 샛길이었다 말시 그래서 헐 수 읎이 부엌
들어가 부뚜막 치우고, 무쇠솥 닦고, 물 한 퍼니기° 길어다
보리쌀 씻고, 텃밭 뒤져 머윗잎 뜯고, 상추 따고, 애호박 볶
아 상 들였더니 메칠 굶었는지 먹어보란 말두 읎이 밥 두 그
릇 뚝딱 해치우더란 말시 서운키는 허더러면 설거지허고
구정물 쏟고 소여물 주고 낭게 그날이 하필 보름이더라 말
시 앞산 달덩이는 어찌나 밝고 마당에 망초꽃은 은하수 뿌
려놓거 마냥 원 없이 출렁거려 게옥질°이 다 나더란 말시

18

그래두 오쩌것냐 머리두 안 올린 츠녀가 총각 혼자 사는 집
이서 밤 새우능 거또 거시기 혀 가시낭골 넘어갈랴구 머리
만지구 옷 추스르는디 느 아부지 안절부절못허고 마당만
왔다갔다 허다 뜰팡°이 추레허니 쭈그려 앉아 모가지 빼고
있는 거 봉게 도저히 발이 떨어져야 말시 한참 고민허다 달
은 밝지 한사코 망초꽃은 흔들리지 가시낭골 넘어갈랴닝게
엄두는 안 나지 에라 모르것다 그냥 주저앉고 말았는디, 말
았는디 그러고 봉게 가만있어 보자 오늘이 음력이루 메칠
이쟈 긍게, 오늘이

안부

신탄진° 물소리 들으며 비탈에 엎어졌다
물소리 시끄럽다거나 새소리 아름답다거나
부질없는 짓 깨닫기까지
스무 해 넘도록 지는 해만 바라보았다
내어줄 것 다 내어주고
남은 것이라곤 문간에 깔아놓은 멍석뿐인데
이것마저 내놓으라
계족산° 능선은 껍질 벗겨내며 얼굴 씻는다
물소리 처마 끝까지 따라와 비를 긋는다

아래무팅이 할머니

九旬 부부 지팡이 짚고 간신히 오셨길래
아무리 봐도 고향 느티나무집 어르신 닮으셨길래
가래울° 사시지 않느냐고 하니 그렇단다
아래무팅이° 철성이 할머니 아니냐고 하니
십오 년 전 죽은 우리 철성이 어떻게 아시냔다
철성이랑 부랄친구고, 국민학교 동창이고, 중학교 때 애
개미°까지 버스 타려 달음박질치다 넘어져 다리 뿐지르고
혹시, 공회당집 육씨네 아시냐고 물으니
니가 병원 댕긴다는 근상이냐며 깜짝 놀라신다
그렇다고 하자 물러보겠네, 물러보겠네
이바유 늉감 야가 육씨네 아덜 근상이라능그믄 그류
하이고 애덜 늙은 거 보먼 우덜은 하나두 늙은 거뚜 아뉴
앙 그류 늉감

21

꽃길

시오 리 벚꽃길이다
저 꽃길 걸어 들어간 할머니는
벼룻길° 활짝 피려 했던 것인데

아버지 손잡고 얼마나 멀리 갔을까
홀홀 버리고 얼마나 낯선 길 들어섰을까
걸어간 자리마다
벗어놓은 흰 옷들 가지런하다

할머니 들어간 자리
아버지 들어가 뿌리 내리고
꽃가지 마다 아이들 내어
달빛달빛 흔들리고 있다

물결

아래층 싸우는 소리에
잠깨어 앉아있는데
앙칼진 소리가
적막산중 천둥소리 같다
아내도 무슨 일인가 나와
물 한 컵 들이켜더니
물맛이 쓴지 인상 찌푸리고 마주 앉는다
왜, 물맛이 없어 그랴
입이 써서 그런지 영 소태맛이네
요즘 물맛이 왜 그렇게 소태맛인지 알어
골짜기 흐르는 물이 즈이°끼리 싸우고
부대끼고 괴로워하고 때려 부수고
울고 불다 슬그머니 제 몸 내주어
염생이°도 한 모금 승냥이도 한 모금
오소리도 한 모금이 제 맛인 것인데
강이란 강 죄다 막아놓고 꼼짝 못하게 하고 있으니
복장 터져 물맛이 소태맛인 겨
들어가

젊은 것들 情 붙이려 하는 짓이니
들어가 우리도 깊은 강 물결처럼
얼크럭 설크럭 흘러가 보자구

하늘의 일

바람만 스쳐도
울컥 쏟아져 내릴 열매들
잔뜩 짊어지고 굽어 있다

배운 것이라고는 하늘 섬기며
노랗게 익어가는 일
품안 자식들 하나하나 보듬어
풀 섶에 내려놓는 일

굽은 몸 일으켜 연탄불 갈고
아이들 깨워 밥 먹여 학교 보내고
묵은 빨래 주물러 널어놓고

무너진 자리 어루만지다
남겨진 통증도 다 하늘의 일이라
이제 어쩔 수 없다는 듯
겨울비 기다리고 있었으리라
먼 길 떠나고 있었으리라

화양연화°

오그리고° 앉은 모습이
즈이 엄마 젊을 적 모습이라서
쉐타 걸치고 시장이라도 다녀올 모습이라서

꼭 시장에 갈 일 있어서도 아닌데
딸아이 손잡고 반찬가게며 과일가게 기웃거리다
살구나무집 펼쳐놓은 징거미° 한 됫박 사고
돼지국밥집 들러 막소주에 얼큰해지면
무슨 북받칠 설움 있어 울컥 눈물 흐르는 것이냐
멋쩍은 딸아이 함께 훌쩍거리다 눈 흘기는 것이냐

저 여린 것이 공부한다고 객지 생활로
끼니 거르며 차가운 방 데운 것 생각하면
밥벌이 동안만이라도 끼고 있다 보내야지 했던 것인데
날 잡고 나니 마음은 가을 툇마루처럼 쓸쓸해져
며칠 손잡고 출근길이라도 다녀오고 싶은 거였다
시장 걸으며 그릇이라도 몇 개 들려주고 싶은 거였다

애개미꽃

앞강물이 뒷강물 움켜쥐고
헛헛한 가슴 열어 머리 푸는 두물머리 가는 것
다 내려놓고 물소리나 들으러 가는 것

여기서 애개미°까지 한 시간은 가야 하는데요 거기 오두
막에는 내 친구 장승이 묵정밭 일구며 토란잎으로 익어가
는 것인데요 한 뼘 마당도 호미그늘° 몇 소끔°으로 저녁이
가득 차면요 서까래°라고 세워놓은 것이 금방 내려앉을 뼈
마디 닮아 자꾸 해지는 쪽으로 기울어지는 것인데요 피지
않은 꽃들 가득한 담장 허물어지는 것인데요

강은 제 가슴 노을 물고 北方에 가 닿았으리
어린 새끼들이랑 물살 거슬러 오르다
옛일 기억하고는 펑펑 눈물지었으리

2부

가을비

너무 어릴 적 배운 가난이라서

지금은 하나도 기억하지 못하는데

이제는 더 늙을 것도 없이

뼈만 남은 빈털뱅이° 아버지가

어디서 그렇게 많이 드셨는지

붉게 물든 옷자락 흩날리며

내 옆자리 슬그머니 오시어

두 손 그러쥐고 우십니다

산등성이 내려온 풀여치로 우십니다

바람의 시간

느타리버섯 종균목 쓰러뜨린 바람이 있는 힘 다해 몸 흔들자 바닥에 납작 엎드린 서리태°가 대궁을 둥글게 말아쥐고 이파리까지 털어낸다

썩은 모과가 해소병에 좋다며 상처 난 모과만 골라 넣던 아버지는 계단 몇 번 오르내리시더니 주저앉은 얼갈이배추를 보고 버럭 소리부터 지른다

갠 하늘이 눈부시다 먹감나무° 이파리로 숨자 요란하던 풀벌레가 울음 멈추고 별똥별 데려와 뒤란에 풀어놓는다 이 시간 우주는 나를 건너가는 중이다

강아지풀

강아지풀이
가늘게 대궁 밀어 올려
문간에 흔들리고 있네

업고 안고 걸리고
이삭꽃차례°로 친정 온
누이처럼
설운 맘 흔들고 있네

엄니 넘어가신
찔레나무숲 송두리째 뽑아 들고
다시 돌아오고 싶지 않다던
아버지 기다리며

언제 오시려나 어디쯤 오시려나
무명저고리로 흔들리고 있네
더 가늘게 모가지 빼고
온 세상 흔들고 있네

봄눈

하루 멀다 찾아와 술잔 기울이던 친구가
며칠 뜸하기에 전화 넣었더니 전원도 꺼져 있고
알 만한 사람 수소문하여 물어봐도 죄다 모른다 하고
버들가지만 밤새 깊은 강물 얼마나 들이켰는지
줄기마다 퍼렇게 출렁이고 있다
나른하게 흐르던 강물도 이제 흐를 만큼 다 흘러갔단 말인가
한쪽 옆구리가 움푹 파인 방죽으로 봄볕 묻히고 날리는
눈발이
엊그제 양지 녘에 식구 데려다 묻고 三虞祭 지냈다며
푹푹 쌓인다, 쌓여

동백

미인대회 나가 입상하고
배시시 웃던 입술이다

신혼의 밤
가스 배관에서
미친 듯 뿜어져 나오던 불길이다
火魔다
날름거리던 3도 혓바닥이다

혼자 돌아와
火傷에 감기지 않는 눈
손등으로 꾹 눌러 찍으며
괜찮아, 괜찮아
간신히 드러내던
붉은 잇몸이여

오렌지

콩나물 해장국집 할머니
때 아닌 진눈깨비로 큰 방뎅이° 더 커졌다

담배 한 대 태우고 들어온다던 할아버지
한나절 지나도록 소식 없다며 구시렁거린다
얼마나 바쁜지 찬그릇 몇 개 내려놓고
깜박 휴대전화까지 식탁에 놓고 갔다

어디에 놓았는지 모르고 두리번거리다
오렌지란 이름이 남행열차로 흔들리자
금세 화색이 돈다
할아버지 이름을 이쁜 이름으로 해 놓으셨네요
건네자 한 말씀 하신다

확, 갈아 묵어삐면 속 시원할 거 같아 안 그랬나
문디 영감재이

섬망°

　난닝구 바람으로 쉬고 계시는 김수영 선생님 찾아뵙고
닭 모이라도 한 주먹 집어주고 와야 하고, 막걸리 한 사발로
연명하시는 천상병 선생님 업고 동학사 벚꽃 놀이도 다녀
와야 하고, 새벽부터 울고 계시는 박용래 선생님 달래어 강
경장 젓 맛도 보러가야 하고, 대흥동 두루치기 골목 건축 설
계사무소 내신 이상 선생님 개업식도 가봐야 하고, 빽바지
에 마도로스파이프 물고 항구 서성이는 박인환 선생님이랑
홍도에도 가봐야 하고, 울음 터뜨린 어린애 삼킨 용당포 수
심 재러 들어갔다 아직 나오지 않는 김종삼 선생님 신발도
갔다 드려야 하고, 내 사랑 자야 손 붙잡고 마가리로 들어가
응앙응앙 소식 없는 백석 선생님께 영어사전도 사다드려야
하고, 선운사 앞 선술집 주모가 부르는 육자배기 가락에 침
흘리고 계시는 서정주 선생님 모시고 대동아전쟁터에도 다
녀와야 하는데 봄비는 내 발목 잡고 놓아주지를 않는구나

모닥불

깊을 대로 깊은 강 찾아왔네

그리운 사람들 그리워하다

통한의 눈물만 한 보따리 남겨두고 떠나갔지

눈물 닦고 밖으로 나와 모닥불로 타오르다

밤새껏 악다구니°로 달아올랐지

달아올랐지

日沒

아버지 어디 가셨습니까 엄니 눈동자 다 그을려 놓고 또
종점 가시어 조무래기°들 손잡고 정수원° 가자 조르고 계십
니까 산 아래 내려와 귀 씻던 새소리는 뭐라 하는 겁니까 마
음마저 잃은 아버지 어디로 가셨다 지저귀는 겁니까

곁에 계시는 것만으로도 전부이시던 아버지, 마당귀 분
꽃은 흐드러지는데 어디로 가셨습니까

다복식당

하는 일마다 말아먹고 밥이나 축내며 앉아 있으려니 반찬 맴돌고 있는 파리에게 미안하다

국밥 한 그릇에 깍두기랑 새우젓 한 접시 파리에게는 그만한 일터도 없어 죽자고 덤벼드는 것인데 젓가락 든 손으로 사래 쳐 쫓아내면 일터 나섰다 쫓겨난 인부처럼 금세 돌아와 눈앞을 맴돈다

나 하나 먹고 사는 일 힘들어 황석어젓갈집 서성거리다 깨진 함지박으로 돌아온 날 밥은 먹어 무엇 하나 술은 마셔 또 무엇 하나, 아니지 죽을 때 죽더라도 먹을 건 먹고 죽어야 젯밥 한 끼 얻어먹지, 아니지 죽을 때는 얼굴 가리고 죽어야 맘이라도 편할 일이야

눌러쓴 벙거지 위로 김 모락모락 오르는 밥그릇 바라보고 있는 것인데 단골식당 들어와 고봉에 앉은 파리떼나 바라보고 있는 것인데

아줌마 여기 막걸리 한 통만 더 주세요

난독증

점심도 못 먹고 돌아온 남편
밥이나 차려줄 일이지
여편네가 어딜 그렇게 돌아다니나
부아 치밀어 전화했더니
바로 옆 탁자에서 벨이 울린다
전화기까지 놓고 갔다며 액정화면 보니
ㅅㅂㄴ
이놈의 여편네가 얻다 대고 ㅅㅂㄴ이야
독 품고 뚫어져라 바라보는 것인데
장바구니 끼고 언제 들어왔냐며
수박 좀 받으라 한다
수박 받아 들고 어떻게 남편 이름을
ㅅㅂㄴ이라 할 수 있어 성 내는데
한참 바라보더니 저녁은 먹고 다니냐며 혀를 찬다
나 같은 ㅅㅂㄴ이 어떻게 저녁까지 먹고 다닐 수 있어
라면 끓이려 냄비에 물 받는데
서방님을 서방님이라 쓰지 그럼 뭐라고 써
라면 먹지 말고 상추쌈에 밥 먹으라며 상을 본다

밥이 별로 보이고 물이 불로 보이고
서방님이 ㅅㅂㄴ으로 보이는 난독의 폭염이
자꾸 눈꺼풀 뜯어내는 힘겨운 여름날이다

봄

잔기침은 2월에 얻은 병이라서 신열도 동백꽃으로 붉다

음기 센 아이는 달도 뜨지 않은 배나무 밭에 눈썹 뽑아 날
리며 지나가고 일생 천식 달고 살아오신 엄니도 오늘밤 알아
듣지 못할 욕지거리로 지새우시겠다 새벽잠 못 이루시겠다

이맘때쯤, 장인어른은 송씨네 齋室˚ 넘어가실 줄 누가 알
았겠는가 忌日 맞춰 새떼 모아들여 헛배 채우는 우물가

약으로 쓰라며 가래울 어인마니˚ 마루 끝에 두고 간 모과
가 환하다

버드나무 회초리

　봄동이라도 얻을까 싶어 산밭 들어섰는데 저쪽 계곡에서
이쪽 계곡으로 흐르는 물줄기가 바람소리 낸다 이제 봄이
구나 생각하고 얼었던 폭포 바라보며 새들이 깃 터는 것이
겠거니 했더니 낭창낭창한 버드나무가 거친 숨 몰아쉬고
있는 것 아닌가 학교라도 보내 달라는 누이 머리채 쥐고 종
아리 치고 있는 것 아닌가

흰꽃

아버지는 뒤돌아 앉아 계시고
나는 匙楪°에 젓가락 두드려
가지런히 올려놓았다

바람벽 기댄 엄니 흰 저고리에
재배 올리고 불 끄고 문 닫고
밖으로 나와 먼 산 바라보았다

송아지만 한 개가 사납게 짖는 밤이면
뜰팡에 엄니 앉았다 가셨는지
망초꽃이 별무리로 하얗게 내렸다

3부

煞˚

스무날이었던가
버러지소리로 들어와
방문 걸어 잠근 날
가을비 내렸던가
한 소절씩 끊어 말리며
두근거리는 심장 가라앉힐 때
차가운 바람은
불온한 나를 어디로 인도하였던가
餘恨이라는 말 있었던가
살아있으니 그저 눈 떠지는 초이레
잘그랑거리며 온기 불어넣는
처마 끝 풍경소리 들으며
나는 어느 가난한 영혼 놓아주었던 것인데
가을은 스무날 지워버렸던가
빗소리 그으며 지나가 버렸던가

옻술

　스무 해 넘도록 만난 적 없는 친구 만났다 강풍에 흔들리
는 길 위의 길이었으나 윤곽만으로도 양칭이° 송씨네 齋室
둘째아들임을 금세 알았다 어려운 시절 뭐 해 먹고 사냐는
말에 멋쩍은 듯 어깨 들썩였지만 떼인 돈 받아준다는 일 있
다는 걸 그날 처음 알았다

　지족마을° 뒷고기집에서 내온 옻술에 혀가 간지러웠다
두드러기 같은 친구는 마시고 싶지 않은 술 따르며 자기 직
업의 쓸쓸함과 괴로움과 서운함에 대하여 불어대는 봄바람
처럼 쉬지 않고 지껄여댔다 몇 년 전 이혼했고 당뇨가 심해
발가락 몇 개 잘라냈다는 말도 잊지 않았다

　돈 좀 있으면 빌려달라는 듯 불알이 툭 튀어나온 바지 자
꾸 끌어올려 있는 돈 모두 꺼내어 주고 길 옆에 서서 오줌을
눴다 일찍이 혼자된 언덕배기집 정 여사네 딸 여우는° 것
어떻게 알았는지 바람은 양동이 구르는 소리로 요란하였다

　모퉁이 돌아서자 스프레이로 말아 올린 머리 쓰다듬으며

친구는 택시로 떠나고 빈털터리로 돌아와 밤새 불덩이로 앓았다 출근도 하지 못하고 부어오른 얼굴로 미간 찌푸리는데 문틈 파고 들어온 햇살이 나리꽃 몇 송이 빼어 물고 혀를 차고 있었다

봄비

지우다만 립스틱 자국이 콧잔등까지 선명하다
끈 떨어진 부라자가 화장대 위에 풀어져 있고
얼마나 다급했는지 파운데이션 뚜껑은 깨져
형광등 주위에 날파리로 몰려 있다

몸살 났으니 학교 가지 말라는 엄마 말은
얼마나 다정하게 들렸겠는가
아무도 없는 집 안에 아가씨 된 모습은
얼마나 가슴 뛰게 했겠는가

찍어 바른 자리에 다른 화장품 덧대
떡 진 얼굴이 화석처럼 굳어 있다
누가 뭐라 한 것도 아닌데 그저 웃었을 뿐인데
골방°에 숨어 눈물 그렁그렁하다
해떨어지자 크게 소리 내어 울고 있다

어부동

장바구리° 깨진 가래울 염소는 어디에 부딪쳤는지 기억나지 않는다고 하였다

항상 코끝이 빨간 핏골 사슴은 택시 문에 손가락 쪄 결국 한 마디 잃고 말았다고 하였다

당뇨 진단받고 술 담배 멀리하였더니 통 사는 게 재미없어 못 살겠다는 갓점° 여우가 목도리 풀어내며 늙어서 그런 거라고 중얼거렸다

방아실°에서 왔다는 오소리가 돌무지고개 가로질러 개고개로 넘어가며 어부동° 들어간다고 큰소리로 말하였다

어부동에는 도꼬마리고약° 잘 만든다는 승냥이가 살아 내탑°에서 나룻배 타고 한나절은 내려간 적 있다 아침이면 새들이 물안개 걷어내며 히죽이는 마을이었다

말벗·1
—序

세월 가는 줄 모르고 酒幕에 노니다 도낏자루 다 썩었다

함께 노닐던 사람들 神仙되어 떠나고

한적하게 앉아 옛일 기억하며 고개 끄덕일 벗 하나 없다

이럴 수 있나, 하는 일마다 이렇게 염려스러울 수 있나

 눈발 희끗희끗 날리더니 담장만큼 올라온 홍매는 꽃눈
올렸다

 이 산중 말벗으로 저만한 게 어디 있단 말인가

 먼데 능선은 슬며시 윤곽 드러내더니 또 한마디 없다

말벗·2
— 희망가

라면도 떨어지고 집도 내줘야 하고
아무래도 산골 마을 들어가 수수나 키우며 살어야겄다
오늘 아침은 돌담 타고 올라간 댕댕이 열매랑
까막까치가 먹다 냄긴 야식 주워 먹고 있는 중인디
달큰허다
궐기대회 올라간 왜가리는 물대포 맞고 날개 꺾여
사경 헤매고 있다는디 괜찮은지 모르겄다
어디 무서워 땅바닥에 발 딛고 살긋냐
까막까치야 미얀스런 얘기지면서두
남는 방 있으먼 한 칸만 빌려주라
슨거 끝나먼 내려와 열심히 일 해갖고
탱자 한 봉다리 주께
엊저녁 홑이불 덮고 잤더니 삭신 쑤시고
발톱까지 빠져 꼴이 말이 아니다
근디 담 대통령 슨거 언제 허냐

말벗·3
―능소화

아이고, 이년아
엉간° 빨고 댕기그라 잉?
콩만 헌 그이
뭔 느므 담배는 배워 갖고
그케 빨고 댕기는 그시여
뼤 삭는다 뼤 삭아
어휴 냄시이
아주 굴뚝이네 굴뚝이여

말벗·4
—부레옥잠

엇따아 참말로
성님도 엉간 하씨요
식후불연이면 삼보즉사란 말도
못 들어바쏘오
그 든든허다는 철옹성이
와 무너졌는지 아요
담배 떨어져 무너졌다 안 허요
담배 잉?잉?

말벗·5
—콜록콜록

식당 내려와 밥 한 술 뜨려는데 건너편 앉은 여직원이 콜록콜록 숨넘어가는 거였습니다 어릴 적부터 밥상머리 앉아 조용히 하라는 아버지 엄하심에 밥알 한 개만 흘려도 이것 만들려면 논두렁 몇 번 왔다 갔다 해야 하는 줄 아느냐 맞아 가며 자란 저는 아무리 참고 먹으려 해도 건건이° 한 젓가락 넘어가지 않는 것이었습니다 참다못해 저어, 지송헌디요 콜록콜록 좀 그만 허시먼 안 되겠습니까? 했더니 옆자리에 서 다꾸앙 오독오독 깨물던 여직원이 기겁하며 눈 부라리고, 머리 흔들고, 입술 깨물고, 젓가락으로 식판 두드려 쉿!

김 선생은 저 소리 들으며 밥이 넘어갑니까? 했더니 쉰 목소리 간신히 꺼내어 선생님 조용히 좀 말씀하세요 저 여직원이랑 입사 동기인데 결혼하고 15년 동안 아직 애가 없어요 저 여직원 남편입장 되어 보셨어요? 아니, 콜록콜록하고 애 들어서지 않는 것하고 무슨 상관있길래 남편까지 끌어들이시는 겁니까? 아휴, 선생님 쟤 처다보잖아요 좀 조용히 말씀하시라니까 그러시네, 쟤가 긴장하거나 흥분하면 유독 저렇게 콜록거리는데 지금 밥 먹으려 하니까 흥분해 저러는 거예요 생각해 보세요 손만 잡으려 해도 콜록콜록 뽀뽀를 하려 해도 콜록콜록, 콜록콜록

풋눈°

굴피나무°는 내 마음 빼앗아 너와집° 들어갔구나

수줍음 많은 소녀 해진 보따리 따라 나서고

겨울은 또 털옷 입고 미끄럼 타며 고샅길 걸어 왔구나

헉헉거리며 내뱉는 저 입김 보아

지팡이 짚고 낮게 찾아온 저 하늘 좀 보아

백 년 향기

목에 호스를 심은 식물이 왔네
금방 떨어질 것 같은 한 꽃송이 달고
뽀글거리며 침대째 내게 왔네

숨 한 번 쉴 적마다 식물은
가는 허리로 발목으로 동그란 눈으로
갸릉갸릉, 흰 나비 부르고
상심한 남자는
굵은 손으로 눈물 찍어내며
꽃자리 지키느라 안간힘이었네

겨우내 떨어져 살며 꽃 피우고
새 화분으로 옮겨갈 막다른 허공 잡다
댓바람에 목 꺾인 몸부림은
얼마나 힘든 외로움이었나

시든 꽃에도 향기는 있네
백 년 식물에서만 느낄 수 있는 깊은 향기네

마지막에는 나도 저 향기로 돌아가야 하네
컴컴하고 서늘한 곳으로 들어가
이제는 다시 돌아오지 말아야 하네

장승이 사랑법

停年 얼마 남지 않으니 아내는 노심초사다
　가진 것이라고는 달랑 집 한 채뿐이고 들어놓은 보험도
없이 연금까지 깎는다는데 무슨 수로 먹고 사냔다

　남들처럼 닭이나 튀기며 살 수도 없고 그렇다고 번듯한
사무실 하나 내어 인문학연구소니, 민족문제연구소니, 청
소용역사무소를 낼 수도 없는 일
　밖으로만 떠돌다 아무 때나 뛰어드는 차 조심하고 젊은
것들 유별나게 사근거리면 그것은 꽃뱀 축에 속하는 여편
네들이니 특히나 조심하란다

　(아직은 일할 수 있어 사무실 들어서는데 퇴직한 늙은이
들 紅顏이 왔나 대낮부터 얼큰해져 아가씨들 종아리 흘끔
거리며 낄낄 대누나 저이들도 풍요로운 밤 지새웠을 것이
니 선술집 난로 가에 눌어붙어 고구마나 굽다 주모가 얹어
주고 간 떡 가래 뒤집으며 날리는 눈발 바라보고 눈물지었
을 것이니)

서리태 한 봉지 들고 찾아온 장승이랑 점심 먹고 금방 헤
어져 이빨 쑤시는데 언제 끝나냐 언제 퇴근할 수 있냐 장승
이한테서 또 전화 온다

입동

마당가 버려진 싸리비는 간단한 시술로 헛간까지 갈 수
있게 되었다고 하였다
도굿대°도 작년 여름 발등 깨져 고생하더니 핀 몇 개로
정짓문°까지는 다닐 수 있게 되었다며 가래침을 길게 긁어
내었다

묵정밭 세 들어 사는 고욤집 딸네미가 가을만 되면 장광
으로 떨어져 날리는 것도 이제 지긋지긋하다며 돼지막 앞
에 핀 흰 밥풀꽃 따라 새벽차로 떠났다
나는 뒤란 무 구덩이에 감춰 두었던 겨울바지 꺼내 대나
무 이파리처럼 다려 입고 이쪽 끝에서 저쪽 낭떠러지로 돌
아다녔다

허리 끊어져 누워만 있던 우리 집 서까래 바라보던 늙은
목수는 너무 늦어 손을 쓸 수 없게 되었다며 혀를 찼다
초겨울 비가 바람 몰고 와 마당을 한바탕 쓸고 가자 함석
지붕이 금방 무너져내릴 듯 들썩들썩하였다

먹감나무

재판에 진 아버지는 골방에서 흐느끼고 있었을 것이다
달빛은 지난여름 데리고 와 새로 생긴 호수에 쪽배로 출
렁이고 있었을 것이다

울렁증 있던 누이는 봉숭아꽃으로 흔들리다 홀연 가을 강
건너갔다

물소리 흉내 잘 내던 밤벌레가 가을을 노래하다 코스모스
핀 언덕 넘어간 날이었을 것이다
먹감나무 이파리가 이리저리 날리다 장독대에 쌓일 무렵
이었을 것이다

그때 나는, 모로 누워 꽃무늬 벽지를 손톱으로 긁고 있
었던가
수수깡으로 잇댄 바람벽에서 흙가루는 쏟아져 흩날렸던가

4부

진잠˚女子

600년 느티나무 모른다고 하더군

더 이상 젖을 것 없는 봉당마루˚ 모른다고 하더군

무당집 처마 끝 모른다고 하더군

양철대문 열면 컹! 짖던 누렁이 모른다고 하더군

댓돌 가지런한 흰 고무신 모른다고 하더군

일본식 들창문 모른다고 하더군

부뚜막 간장종지 모른다고 하더군

한 잔 술에 움푹 꺼진 눈으로 쏘아보는 저 女子

이제는 모른다고 하더군

불목하니 임 처사 전 상서

절 들어가고 싶은 마음에 산세가 마치 닭발처럼 생겼다는 鷄足山 庵子 산 적 있지요 이른 봄이라 찬바람 불고 계곡 따라 걸으면 얼음을 문 황톳길이 바스락 소리로 자지러졌지요 거기서 무얼 깨우치거나 남겨진 공부 있는 것도 아니어서 한 바퀴 돌고 들어와 뜯긴 문풍지나 바르고 감잎차 마시며 잘그랑거리는 풍경소리 듣는 게 전부였는데요

산짐승 한 마리 울지 않아 적막도 소음인 듯 진눈깨비 대신하는 五更° 무렵이었을까요 잠 깨어 뒤척이다 소주병 꺼내 뚜껑을 살짝 비튼 것인데요 기지개켜듯 따닥! 뼈마디 소리 어찌나 듣기 좋던지 이게 그 어렵다는 해탈인가 싶더라고요 더듬거려 찻잔에 쪼르륵 따르던 맑은 소리는 해탈스님 법문인가 싶기도 하고요 그 소리 하도나 듣기 좋아 처사°님 꼬드겨 해가 중천일 때까지 술 따르다 큰스님께 한 소리 듣고 쫓겨난 것인데요 싸리꽃은 얼마나 무심하던지 잘 가라 인사 한마디 없더라고요

사러리° 살다 다 잃고 들어와 불목하니°로 사는 게 그렇게

좋다던 임 처사 방에 몹쓸 병 하나 두고 왔는데요 요즘 어떠
세요 까닭 없이 우는 문풍지 소리 뒤로하고 계곡에 피던 벽
자색 싸리꽃은 여전히 울렁거린다며 징징대고 있겠지요

눈물소리

生家 빼앗기고 밤새 어루만지다 새벽별에 흘려보낸 툇마
루라서

일어나 한발 두발 밟으면 허름한 마룻장 소리는 왜, 안방
들어서며 흐느끼던 엄니 눈물소리로 뻗어 가는가

지금은 아무 연고 없이 바람만 휑한 남의 집이라 마당 한
바퀴 돌아볼 수 없지만, 헛간 달그락거리며 쇠스랑 하나 일
으켜 세울 수도 없지만, 대청 올라 헛기침으로 가래 삭이려
는 것인데 문지방 노래기떼는 부엌으로 몰려간다

초우제°

애개미고개 넘어가신
아버지 오셨다
하얀 눈썹으로 오셨다

아버지 가신 곳은 먼 나라
가고 싶어도 갈 수 없는
낯선 곳이라 엄두도 내지 못한다

한 번은 엄니가
아버지 얼마나 보고 싶은지
새벽에 눈송이 뭉쳐
크게 한 입 베어 물고 쓰러지셨다

온 세상 하얗게 캄캄해져
아버지 넘어가신 고갯마루 흩날리는데
부들부들 떨리고 경련 일어
삭정이 다 드러낸 일 있다

아버지 계신 곳은 추운가 보다
엄니가 그렇게 가고 싶어도
발자국까지 얼어붙어 가지 못하는 나라

아버지 눈썹에서
고드름 부딪는 소리 난다
한밤중 방바닥 문지르며 흐느끼는
엄니 울음소리로 하얗다

사리원

이름만큼 특산물 없다는 사리원 여자 만났다

투박하기가 꼭 사리원 같아서
말끝마다 사리원 놓지 않는 여자는
무당집은 여전하겠지요
작두 타다 베인 발 어루만지며
안부 묻던 늙은 무녀도 안녕하겠지요

쌰 던지며 덥석 손잡으면
안간힘 다해 빼어 내며 노을처럼 붉어지더니
눈 흘기며 출렁이는 강물로 설레더니

흔들리는 내 몸짓 사리원 사내 같았나
백두산 호랭이 벙거지 쓰고
가시밭길 오르던 사리원 사내 같았나

새똥빠지는° 소리

　연말정산 환급금 나왔다 이렇게 제하고 저렇게 제하고 사는 것이 영 시원치 않다 지난 설날 고향집 들어가 환급금 받아가지고 엄니는 비녀 하나 사드리고 아버지는 꺼먹고무신 한 켤레 사드린다고 했는데 空念佛됐다 어떻게 비녀 하나 살 돈이 없나

　뜰팡에 앉아 손톱 물어뜯고 있는데 고양이가 운다 나만큼 힘들다는 것이다

풍경

　나는 한 번 믿으면 곧이곧대로 잘 따르는 편이라서 꽃피
는 일은 굳이 계약서까지 쓰지 않더라도 알아서 잘 핀다 작
년 겨울에는 며칠 반짝 춥더니 한겨울 날씨가 마치 무쇠솥
얹어놓은 부뚜막 같아 익으라고 내놓은 알타리 김치가 폭
삭은 일 있는데 꼭 오래된 친구가 진국만은 아니라는 것 알
면서 아슬아슬한 풍경으로 흔들린 적 있다 진눈깨비 내리
고 하니 그렇겠거니 葛馬洞°고개 팔각정에서 두 시간은 기
다리다 되돌아오는데 신발 다 젖고 바람까지 불어 남의 집
문간에 쪼그려 앉아 들창으로 새어 나오는 소리가 오순도
순 어쩌나 듣기 좋던지 한참 듣고 있다 부랑아로 오인 받아
변명하느라 애먹은 일 있다 모르는 사람한테 積善도 하지
않습니까 진눈깨비도 내리고 하여 잠시 피하고 가겠다 했
더니 아래 위 훑어보고 그냥 들어가기에 철벅거리며 골목
내려오다 골똘히 생각해보는 것인데 아무리 잘 피고 지는
사이라지만 업신여기지 않고서야 어찌 하루 네 번씩이나
피었다 질 수 있단 말인가 진눈깨비는 어찌 이리 경우도 없
이 슬프게 내릴 수가 있단 말인가 고민하다 하룻밤 꼬박 새
운 나는 구질구질하니 꼼짝하기 싫은 처량한 풍경으로 앉
아있는 것이다

말벗·6
—자유

　충청도 덕산 출신 환쟁이 박석신 씨는 호가 자유다 달랑
붓 하나 들고 대흥동 화방거리 모텔 지하 주차장 빌려
Parking이라는 갤러리 운영하고 있는데 오가는 사람들 이
름자에 꽃을 얹어 제 이름 사랑하는 운동 펼치기도 한다 하
루는 글쟁이들이랑 갤러리 한쪽 구석 빙 둘러앉아 간재미°
무침 하나 놓고 대전부르스로 얼큰해져 내 이름자에도 꽃
을 얹어 한참 흡족해하다 선생께 한 말씀 드리고 싶어 참 좋
은 재능 가지셨습니다 하고 요즘 나我를 잊고 사는 사람들
에게 하고 싶은 일 자유롭게 하며 나我를 새롭게 찾아주는
일 얼마나 보람되냐 그래서 호를 자유로 쓰나 봅니다 했더
니 그림 그릴 때는 물통으로 삼는다는 찌그러진 양재기 권
하며 자유? 한잔 허세유? 그러더니 피식 웃는다

말벗·7
―견고한 울림

　바람이 위에서 아래로 불 때°, 건조한 기운이 보름 삼키
고 성난 짐승 소리로 울부짖을 때, 힘 모으려 돌계단 쑥꽃
바라보고 있을 때, 땅바닥 찬 기운이 온기 빼앗아 갈 때, 병
풍 뒤에 숨어 通音하고 잊으려 할 때, 틀어막은 구멍으로 온
몸 떨려올 때, 숨 고르던 祭壇 등불이 두근두근 목울대 노려
볼 때

말벗·8
—손님

　병이란 놈 찾아와, 떡하니 병실 문 열고 찾아와 하얀 침대
보처럼 누워 나를 기다리더면

　모르는 척 침대맡에 앉아 기침하는데 윗도리 벗어 갈아
입히고 아랫도리도 갈아입히더니 처음 웃음인 듯 웃더면

　도랑°驚蟄개구리°는 큰 울음으로 다리 주무르고 이마에
물수건 얹더니 알약 같은 씨앗 몇 개 쥐어 주더면 흘리지 말
고 남김없이 심으라며 반짝거리더면

　그러니까, 그게 이파리 나오기 전부터
　그러니까, 그게 향기가 찾아오기 훨씬 전부터

말벗·9
— 별잎

神主는 밤나무로 만들어야 한다는데
개 짖는 소리 닭 우는 소리 하나 없이
조용한 산중 백 년 밤나무로 만들어야 영험하다는데
이 밤중 계곡에 빠지고, 무르팍 깨고, 돌무덤 뒹굴어
간신히 식장산° 들어갔습니다
식장산에는 구절사°라는 절이 한 채 있어
마땅히 의탁할 데 없이 떠도는 혼령 모셔볼까
마당 들어섰는데요
노스님이 염불 가르치려다 그만둔 백당나무°가
어찌나 짖어쌓던지 자면서도 컹
밥그릇 핥으면서도 컹
풀잎이 별잎 흉내 내면서도 컹
컹컹

검은 하늘

공양주° 출신 엄씨 할먼네 움막에도 하늘은 있지
낮은 하늘이 마루까지 내려와 산빛 깨는 날 있지
아직 처녀 적 웃음 잃지 않고 꼬부라진 허리로
마당에 마른 풀 쌓아놓는 헛간도 있지
할머니 머하시능규 빈말 던지면
이눔아 보면 물러 언능° 거들지 않고
욕부터 튀어 나오는 검붉은 잇몸도 있지
소나기 한 줄금 지나가면 무명저고리 물비린내 털어
매콤하게 비벼 내온 양푼이 국수도 있지
주리틀눔 집구석에서 이쁜 각시나 도와주지 여긴 뭣허
러 왔댜
그래 엄니 다리는 좀 괜찮은 겨 양념 같은 걱정도 있지
그게 어디 금방 털어내고 양짓말°까지 뛰어댕길 병이간듀
재봉틀 다리 밑에 말아놓은 담요 꺼내 화투나 한 판 칠까유
오늘은 구즉° 묵밥 내기유 두둘이다 보면
아희야, 이러다 오늘 약초 다 담는 날이지
낫 하나 들고 고샅길 돌아 명월초°밭에 라디오 듣다
부아 치밀어 땅바닥만 긁고 있으면

명월이 좀 데려 오랬더니 아주 구덩이를 파고 있네 구덩이를

인자 구덩이 속으로 들어가고 싶어 그냐

오늘은 물이나 마시고 엄니 한 병 갖다 디려라

그만 담어유 넘치잖유 땅바닥으루 다 흐르잖유

가만있어 공짜루 담아주는 거 꽉꽉 눌러 담아주야 복도
들어오능겨

저 뜰팡이 올려논 쏘주병 봐라 그거 쬐금 더 주능 거 아까
워가꼬

꼭 요맹큼 모지라게 담아농 거 봐라 숭한° 늠덜

기왕 담아 주능 거 넘치게 담아주야 넘치는 눔두 나오능겨

너두 이눔아 기왕 허능 거 넘치게 허란 말여

모지라게 하먼 모지란 눔 나오능겨

상추 풋고추 민들레 양 손 가득 들고 배시시 웃으면

엄씨 할먼네 지붕에도 검은 하늘은 있지

얼마 남지 않아 금방 쏟아져 내릴 듯한 하늘은 있지

겨울이 간다

小寒은 올 들어 가장 추운 날이어서 온종일 눈발 날린다

길 메우고
날아온 새들은 헤집어 보기도 하고
소나무 가지가 한참 젊어지고 있다 툭툭 털어내기도 하
는 것이어서

한나절 꼼짝 않고 있다 그래도 누가 오시지 않을까 가시
지는 않을까 방한모 쓰고, 목장갑 끼고, 대문 앞에서 저 아
래 신작로까지 넉가래°나 밀고 나가는 것이다

겨울이 간다

항상 발이 저리신 아버지 윗도리 지퍼 열 듯
엄니 찬송가 몇 소절로 물길 가르듯
저 눈발은 平和라 읊고 싶은 것이다

후일담°

    다람쥐가 겨우내 먹으려 도토리를 한입 두입 물어다 너럭바위 아래 쟁여 놨더니° 아래께° 탁발스님이 묵 쳐 먹으려 가져간 것 알고 스님 흰 고무신 물고 죽었다는 얘기를

    엄니는 숨도 쉬지 않고 말씀하시는 거였습니다

自然으로서의 시
― 自在淵源의 '소리시'

임우기(문학평론가)

1. 자연으로서의 詩

　자연에는 주인이 없다. 자연이 주인이기 때문이다. 자연에는 주어主語가 없다. 자연이 주어이기 때문이다. 인간이 자연에 주어를 만들어 놓았을 뿐이다. 자연으로서의 시는 지성 따위 인위로 쓰는 것이 아니라 자연스러운 자연 속에서 스스로 태어나는 것이다. 자연으로서의 시를 쓴다는 것은 자연이 시가 된다는 것이고 시가 자연이 된다는 것이다. 이는 시가 진실이며 동시에 자연이라는 뜻이며, 진실이며 동시에 자연이 시라는 뜻이다. 시가 진실이기 위해서는 시인은 자기 삶의 진실 곧 삶의 자연에서 시를 구해야 한다. 시인됨의 바탕을 자기의 자연스러운 삶에서 찾는 것이 시적 진실성이다. 자재연원自在淵源. 수운水雲 선생은 "道를 자기 바깥에 멀리서 구하려 하지 말 것이며 자기 자신에게서 구하라."고 설하셨다. 그렇다고 시인의 삶의 자기 동일성에서 시를 구하라는 뜻이 아니다. 시인이 시를 자기에게서 구한다는 것은 자기의 근원인 자연에게로 돌아간다는 것이다. 부연하면, 무궁하게 생성 변화하는 근원적 자연으로 돌아가 일체가 되라는 뜻이다. 자기 안의 무궁하게 변화 생성하는 자연으로 돌아가라는 것이다. 이렇듯 도가 본디 자재연원하는 것이라면 시도 본디 자재연원하는 것이다. 시 쓰기가 삶과 정신과 언어의 진실을 추구하는 것이라면 도 닦기와 크게 다를 바 없다.

2. 자재연원의 시: 시적 진실이 시적 윤리이고 시적 정치이다

한국시는 아수라의 시절을 보내고 있는 중이다. 특히 이 땅 위에 가득한 시詩의 신음소리는 하늘 아래 가득한 사대강四大江의 신음소리로 들린다. 우리 민족의 생명의 터전을 기름지게 하고 온 생명을 낳고 기르고 거두는 저 큰 강들의 신음소리. 죽어가는 큰 강들과 시의 아비규환으로 세상은 더더욱 캄캄하다. 죽어가는 시가 저마다 토해내는 단말마 소리들로 가득하지만 한국 시단詩壇이란 곳은 아무 일 없다는 듯 태평하고 사이비 시들이 창궐한다. 시절이 하수상하니 치열한 삶의 진실로 쓴 시들은 찾아보기 힘들다.

시인 백석은 1940년에 경성(서울)의 문단을 떠나 북방의 고향으로 돌아갔다. 시인은 귀향의 이유를 "세상 같은 건 더

러워서 떠나는 거"(「나와 나타샤와 흰 당나귀」)라 하였다. 그러므로 더러운 문단을 떠나 시골의 고향으로 돌아가는 시인의 행동에 정치성이 없다 할 수 없을 것이다. 만일 백석의 귀향이 '더러운 문단'에서 떠나기로 한 귀향이라면, 그 귀향은 스스로의 시적 윤리를 지키려 한, 시적 정치성을 품은 결행이라고 할 수 있다. 시인에겐 시적 윤리성이 시적 정치성이다. 백석의 귀향이 순결한 정치성을 지닌다고 말할 수 있는 까닭은 백석의 시가 지닌 시적 윤리성 곧 도저한 시적 진실성에 있다. 시적 진실성이 시의 윤리성이고 시의 정치성 그 자체이다.

　백석의 시가 시적 진실성을 보여준다는 것은 백석 자신의 삶이 비롯된 근원을 찾아 자신의 삶의 진실과 자신만의 고유한 문학을 추구하고 실천했음을 말한다. 당시 카프의 주요 문인들이 백석 시를 비난하였지만, 백석은 오히려 그들을 '더러운' 문단정치꾼쯤으로 간주했을지도 모른다. 작금의 우리 문학판을 구성하는 문학권력의 주체들은 자신들이 '더러운' 문단정치꾼으로 전락해 있는 줄을 모른다. 가짜시와 정치꾼문인들이 넘쳐나는 것은 문학정신은 고사하고 최소한의 문학적 기준조차 사라진 문학현실과 밀접히 관련된다. 각종 문학집단들은 그간 세워놓은 저마다의 시적 이념이나 시적 기준을 스스로 저버리거나 아예 잊어버린 듯하다. 권력의 주체들이 저마다 가져온 시의 기준을 저버리거나 망각해버렸다는 것은 시의 윤리를 저버리거나 망각해버렸다는 뜻이다. 그러니까 한국 시단은 시적 진실성을 망각해버린 것이다. 이런 참담한 작금의 문단 상황에서, 민족의 전통과 현실과는 동떨어진 채 서구의 신식 문물에 대한 선망과 지적 허위의식이 미만해 있던 식민지 시대의 조선시단을 단호히 버리고 깊은 자기반성과 함께(백석의 시「북방에서」를 보라!) 귀향한 시인 백석을 떠올리는 것은 너무도 자연스럽기만 하다. 백석이 결행한 귀향의 정신도 그러려니와 무엇보다 백석의 시 정신은 오늘의 문단에도 시사하는 바가 자못 크다. 그러함에도 한국작가회의니 따위 소위 진보 문학을 한다는 시인들 중에 백석의 이러한 저항과 반성과 고독의 시 정신을 찾아볼 수 없다는 것이 놀라울 지경이다. 오늘날 문단은 저항과 반항의 시 정신이 아예 사라져 백석의 후예를 찾아보기가 힘든 것이다.

시인 김수영의 시 정신도 끊긴 듯하다. 시인 김수영도 자기 삶의 바탕에서 우러나오는 진실한 시 정신으로서 자신만의 시를 찾았다는 점에서는 시인 백석의 경우와 다를 바 없다. 외래적인 이론이나 허망한 지성주의 따위를 극구 경계하면서 사이비 교양을 단호히 물리치고 시인은 입에 담기조차 힘든 욕설마저도 시의 진실한 자기표현이 될 수 있음을 여실히 보여주었다. 이는 자기 삶에 정직한 시 정신에서나 가능한 것이다. 더구나 김수영은 자기 시 정신이 비롯되는 자유의 근원을 늘 나날의 삶 속에서 반성하고 통찰하기를

죽는 날까지 멈추지 않았던 진정한 자유의 시인이다. 근원적 자유의 시인이었기에 김수영은 자기 삶에 뿌리내리지 못한 어설픈 지성의 시나 기교주의 시 따위는 철저히 경계하며 자신만의 고유한 '온몸의 시론'을 그야말로 온몸으로 보여주었다. 외래적 기교나 모던한 지성 따위는 추호의 틈입도 결단코 허용하지 않았던 것이다. 시인 김수영은 아무리 그럴듯한 이념조차 자기 삶의 소산이 아니면 물리쳤다. 이러한 외래적 지성을 거부하고 자재연원의 삶의 치열함으로 쓰는, 자유자재한 시 정신이 김수영의 시적 진실의 핵심을 이룬다. 그의 시 「거대한 뿌리」는 반지성주의와 자재연원의 시 정신을 시적 주제로 삼은 걸작으로 평가할 만한데, 시인의 삶의 진실과 이 땅의 전통을 연원淵源으로 삼는 시 정신이 자기 삶에 근거조차 없는 외래 이론이나 지적 기교들을 삼가고 단호히 물리치고 있음을 열화熱火와 같이 보여준다. 백석 시와 김수영 시가 보여주는 저마다의 고유성과 시적 진실성은 이러한 자기 삶의 진실에 충실하려는 시적 태도에서 나온 것이다.

3. 자연이 시의 보이지 않는 주어이다.

우선하여, 육근상의 시집 『滿開』는 허접하기가 짝이 없이 추락한 오늘의 한국 문단에 대한 고독한 문학적 저항의 결

정체로도 읽힌다. 시인 육근상의 시를 접할 때마다 떠오르는 인물이 있으니 시인 백석이다. 백석이 식민지 시대 불현듯 문단을 버리고 돌아간 고향은 한반도 서북방 지역의 가난한 시골 마을이었다. 백석이 돌아간 북방의 고향은 자연과 인간이 조화로운 관계를 맺던 문명 이전의 자연세계였다. 북방의 우주자연과 시골 마을이 간직한 자연스러운 자연(自然而然)은 백석 시의 근원을 이룬다. 그리고 시의 자기 근원이 자연이라는 인식을 시 쓰기의 바탕으로 삼는다는 점에서 백석과 시인 육근상의 시 정신은 서로 통한다. 백석과 육근상의 시에서, 시가 자연 속으로 자연이 시 속으로 드나들 듯 호류한다. 주어가 없는 자연이 시의 주어가 되어, 자연과 시는 서로 어긋물린 대로 절묘하게 어울려 하나가 된다. 시인의 가난한 삶 속에서 시의 주어가 가난이 아니라 자연이 될 수 있었던 것은 두 시인의 시에서 가난은 문명의 가난을 의미할 뿐 생활의 가난을 의미하지 않기 때문이다. 자연은 문명의 가난을 통해 비로소 자연스러운 자연이 된다.

육근상의 시집 『滿開』에서 맨 앞에 실린 시 「문」은 시인의 시관詩觀을 담고 있는 서시序詩로도 읽히는 시이다.

아, 입 벌린 저 가난을
들락거려야 하리
다 빼앗긴 대궁은 뼈를 갈아

바람 세우고 여울 이뤄도

참 쉽게 허물어져 흔들리는 문

나는 또 일어나 가야 하리

—「문」전문

    시의 1~2행 "아, 입 벌린 저 가난/들락거려야 하리"라는 시구는 짧은 문장임에도 시적 화자가 겪고 있는 지독한 가난을 실감케 한다. "입 벌린 저 가난은"은 호구糊口의 비유로서 "들락거려야 하리"에 이어져 간신히 끼니만 잇고 사는 시적 화자의 생활고를 구체적이고 절실한 가난의 심상으로서 표현하는 것이다. 첫 시구에서도 시인의 민감하고 민첩한 청각적 지각의 능력을 접하게 된다. "아,"라는 외마디 탄식음이 그것이다. 시적인 것을 전하는 힘, 곧 시가 스스로 발휘하는 생기의 차원에서 볼 때, "아,"가 있고 없음은 천지차이다. 그다음 시구의 의미는 '다 빼앗긴 대궁'같이 겨우 남은 삶의 밑동마저 빼앗기는 가난 속에서 삶은 "참 쉽게 허물어져 흔들리는 문" 같다는 것. 다 빼앗긴 삶에게 있어서 문은 비상구도 못되는, 그림의 떡에 불과한 문이다. 하지만 신기루 같은 문일지라도 세상에로 향한 숨 쉴 삶의 문을 내지 않고는 시인의 삶은 숨 쉴 수가 없고 시도 숨 쉴 수가 없다. 그러므로 가망 없는 가난은 가난의 가망 없음을 처절히 인식하고는, "나는 또 일어나 가야하리", 하고 가망 없음의 가난으로 삶을 지속해야만 하는 것이다. 그러니 출구 없는 가난의 역설적 비유가 문이다. 현실적 가난의 절망을 현실보다 높은 삶의 문으로서 통과해야 하는 것이다. 저 "일어나 가야하리"라는 말 속엔 슬픈 탄식만 있는 것이 아니다. 탄식보다는 삶에 대한 각성과 의지의 뜻이 더 크게 드리워져 있다. 따라서 이 시의 "뼈를 갈아/바람 세우고 여울 이뤄도"라는 양보절의 시구는 '문'이 사실상 가망 없는 가난의 비유임을 알리면서도 그 말의 심연에서 가난한 삶 너머로 향하여 열린 삶의 문이 어렴풋이나마 어림되는 것이다. 그 열린 삶의 문은 시인의 현실적 가난을 넘어선 의지와 근원적 자유의 시 정신을 예감하게 하는 문이다. 그 가난을 넘어선 의지와 자유의 시 정신은 '자연의 시 정신'이라 부를 수 있을 것이다. 왜냐하면 일상화된 가난의 앙상한 뼈를 '다 빼앗긴 대궁 갈아/세우고 이룬 바람과 여울'은 다름 아닌 자연의 비유로서 시를 비유하는 것으로 볼 수 있기 때문이다. 곧 시인의 삶의 비유인 대궁과 바람소리와 여울소리는 자연의 비유로서 시의 비유이다. 자연의 시, 혹은 맑은 자연이 내는 소리의 시. 그러니 '문'은 가난 너머 자연으로 난 시의 '문'인 것이다.

느타리버섯 종균목 쓰러뜨린 바람이 있는 힘 다해 몸 흔들자 바닥에 납작 엎드린 서리태가 대궁을 둥글게 말아 쥐고 이

파리까지 털어낸다

　썩은 모과가 해소병에 좋다며 상처 난 모과만 골라 넣던 아
버지는 계단 몇 번 오르내리시더니 주저앉은 얼갈이배추를
보고 버럭 소리부터 지른다

　갠 하늘이 눈부시다 먹감나무 이파리로 숨자 요란하던 풀
벌레가 울음 멈추고 별똥별 데려와 뒤란에 풀어 놓는다 이 시
간 우주는 나를 건너가는 중이다

—「바람의 시간」 전문 (강조_필자)

　시 1연에는 '서리태를 기르는 바람'의 소리가 들리는 듯
하다. 주목할 것은 바람이 주어로 쓰였지만, 서리태가 "바닥
에 납작 엎드"리면서도 "(가난의) 대궁을 둥글게 말아 쥐고
이파리까지 털어낸다"는 표현이다. 이는 자연의 바람이 가
난 너머로 '가난의 의지'를 불러일으킨다는 뜻으로 이처럼
자연에 의해 가난의 역설이 이루어지는 시적 상상은 시
「문」의 시의식과 상통한다. 2연에서도 '주저앉은 얼갈이배
추를 보고 버럭 소리부터 지르는 아버지의 소리'도 이내 자
연 속에 스며들고 마는 가난의 소리로 들린다. 3연에 이르러
풀벌레 울음소리가 멈춘 고요 속에서 자연은 마침내 시인의
가난을 풍요로 바꾸어 놓는다. 바람소리, 풀벌레가 울음을

멈춘 침묵의 소리 같은 원시적 자연의 소리들은 시인의 삶과 원융圓融한다. 그리고 시인과 자연이 한 몸이 됨으로써, 마침내는 시인은 "갠 하늘이 눈부시다 먹감나무 이파리로 숨자 요란하던 풀벌레가 울음 멈추고 별똥별 데려와 뒤란에 풀어 놓는다 이 시간 우주는 나를 건너가는 중이다"라고 높고 깊고 아름다운 시심詩心의 노래를 부르게 된다. 원시자연과 한 몸을 이룬 원융의 순간, "이 시간 우주는 나를 건너가는 중이다"라고 하여, 시인은 자기 삶의 근원에 대한 높고 깊은 각성의 시를 남기는 것이다.

앞서 보듯, 육근상 시인에게 자연의 근원으로 돌아가는 삶의 시간은 '나를 건너는 우주의 시간'인 것이다. 시인의 시가 종종 의미의 결락과 난해성으로 흐르는 이유는 우주자연의 시간이 인간의 시간에 융해되고 있기 때문으로도 볼 수 있다. 가령 「버드나무 회초리」라는 시에서도 자연의 시간 속에서 인간의 시간이 불현듯 현상된다. "(⋯) 이제 봄이구나 생각하고 얼었던 폭포 바라보며 새들이 깃 터는 것이겠거니 했더니 낭창낭창한 버드나무가 거친 숨 몰아쉬고 있는 것 아닌가 학교라도 보내 달라는 누이 머리채 쥐고 종아리 치고 있는 것 아닌가" 같은 시구는 시인의 기억 속 옛일이 온전히 서사되지 않고 결락의 형태로 서사되는 것도 인간의 시간이 자연의 시간 속에서 현상되는 독특한 시적 감성과 상상력에 의한 것으로 해석할 수 있다. 이는 "이 시간 우주는

나를 건너가는 중이다"라는 세계 인식의 반영으로서 원시
적 자연의 시간이 인간의 시간을 포용한다는 것을 보여주는
것이다.

시「문」이 시인이 가난을 이고지고 살아오면서 터득한 맑
은 바람소리 여울소리 같은 소리시의 세계로 난 '문'을 연 서
시 격㼮이라면, 「별을 빌어」는 「문」에 더한 육근상 시의 시적
특성들을 고루 보여주는 시로서 깊은 해석을 기다린다.
「별을 빌어」는 시가 품고 있는 어떤 사태나 의미내용의
파악이 그리 쉽지는 않다. 그러나 이 시의 난해성은 그 나름
으로 육근상 시의 특징들 가운데 하나로 볼 수 있다.

마음 먼저 돌아눕는 저녁이네
설움은 별을 빌어
가느다란 눈으로 반짝이네
말 잊은 엄니 서글픈 눈시울로 붉어지네

작은아버지는 왜 평생 얼음장만 짊어지고 사셨을까

집에서 나가라는 말처럼 차가운 저녁은
강물소리로 밀려오네
백열등은 흔들림도 없이

돌아누운 마음자리에 아니아니

도리질이네

—「별을 빌어」 전문

  어떤 불행한 사태와 궁핍한 처지에 처한 시적 화자의 마음이 직설적으로 정직하게 드러나 있지만, 이 시의 문면文面만으로는 시의 뜻이 쉽게 들어오지 않는다. 무언가 불행한 일을 당한 것이 분명한 시적 화자의 마음을 가까스로 상상해보거나 그 어려운 처지를 궁금해 할 뿐이다. 비유도 익숙한 비유가 아니어서 해독하기에 힘들다. 의미의 결락이나 비유와 문맥의 난삽難澁이 시의 난해성을 부르지만 좀 더 깊이 살피면 난해성은 시인 고유의 토착민적 정체성과 사적인 가족사家族事의 은밀함에서 비롯되고 있음을 알게 된다. 이는 그 자체로 이번 시집 『滿開』가 지닌 고유한 시적 특징과 서사적 독특성의 내용을 이루고 있다. 가령 "말 잊은 엄니 서글픈 눈시울로……"에서 엄니가 왜 말을 잊어야 했고 서글픈 눈시울을 보여야 했는지 따위 서사의 의미 맥락은 결락된 채로 드러나지 않는다. 또 "작은아버지는 왜 평생 얼음장만 짊어지고 사셨을까" 같은 뜬금없는 시구에서 시적 화자의 가족사적 불행이 숨겨 있는 점도 알 수 있다. 그 가족적 불행은 시적 화자의 비밀스러운 가족사로 추측될 뿐 구체적으로 밝혀지지 않고 있지만, 시인이 고유한 자기 근원으로서 토착민으로서의 생활의 정체성과 자기 가족사, 자기 고향의 물정이나 풍정을 시의 주요 소재로 삼고 있다는 점은 자명해진다. 자재연원의 시는 시의 바탕을 시인의 자신의 삶에서 찾는 시이다. 시인됨의 근원을 자기 삶에서 찾는 시 정신이 이 시가 지닌 난삽성을 오히려 독자적인 시적 진실성으로 읽힐 수 있게 만드는 것이다. 그렇게 읽힐 수 있는 시의 힘은 자재연원의 시라는 데에서 온다.

또한 이 시에는 시인의 자연으로서의 삶의 철학이 담겨 있다. "설움은 별을 빌어/가느다란 눈으로 반짝이네" "집에서 나가라는 말처럼 차가운 저녁은/강물소리로 밀려오네" 같은 시문들에서 시적 화자가 갖는 설움이 별과 강물이라는 우주자연을 '빌어' 해소되고 있다는 점. 시인의 '자연으로서의 삶'의 자각은 "마음 먼저 돌아눕는" "돌아누운 마음자리" "아니아니 도리질이네"라며 자신의 삶의 처지를 부정하는 가난의 고통조차 자연의 일부로서 자연에 포용되도록 한다. 그러므로 "설움은 별을 빌어"라는 시구는 시적 화자의 고통스러운 삶을 자연 일부로서 받아들이고 자연이 되어가는 삶의 비유로 볼 수 있다.

또한 이 짧은 시에도 육근상 시의 언어적 특성이 드러난다는 점을 주목해야 한다. 그것은 시어 '엄니'는 표준어가 아닌 토착어요 영적 울림이 담긴 방언 곧 '자연어로서의 소리 말'이라는 점이다. 자연어인 방언에서 주어는 자연의 소리이다. '엄니'는 자연의 소리말이다. 또한, '엄니'라는 시어는 시인이란 모름지기 자신이 태어난 지역의 삶과 전통과 방언에서 자기 시의 근원을 찾는 자연적이고 토착적인 존재라는 특유의 시인관에서 나온 것이다. 육근상의 많은 시편들이 충청도 지역의 사투리를 기본으로 한 특유의 개인 방언으로 쓰인 것은 이러한 자재연원의 시인관과 밀접히 연관되어 있다. '엄니'라는 소리 언어는 개념이나 의미 이전의 언어, 근원적인 청각의 언어이다. 곧 '엄니'는 자연적이고 토착적인 근원적인 소리말이다. 시인 육근상의 '방언적 소리시'의 바탕은 이러한 근원적 자연으로서의 소리말의 세계이다.

마지막으로, 이 시엔 육근상 시가 지닌 또 하나의 은밀한 특징이 들어 있다. 그것은 시문詩文에서의 주어의 생략에 관계된다. "집에서 나가라는 말처럼 차가운 저녁은/강물소리로 밀려오네/백열등은 흔들림도 없이/돌아누운 마음자리에 아니아니/도리질이네"에서 보듯이 주어가 문면에서 자주 생략되거나 그 발화發話의 주체가 모호한 것이다.

이러한 시문에서의 주어의 생략 혹은 주체의 모호함이 지닌 특징적 면모는, 시「東譚峙」를 보면, 더 뚜렷해진다.

처음은 검은색이었는데
강물 거슬러 오르는 꺽지 보내 비늘빛 그려 넣었다

여름 이겨낸 바람이 곧게 가지 세우고 소나무처럼 잠깐 서
있다 고샅으로 사라졌다 미루나무가 서쪽으로 휘어진 까닭
은 새떼가 노을 몰고 우르르 내려앉았기 때문이라 했다

벌겋게 익은 강이 김 모락모락 피워 올려 가을 다 흘러가 버
렸다 **쪽창 열고 東譚峙 헤집어 보라 일러두었다** 밤새껏 머뭇
거리다 돌아갈 길 묻던 등 굽은 노인이 큰기침 몇 번 하자 수
런거리던 이파리들이 뒤뜰에 조용히 내려앉았다

—「東譚峙」전문 (강조_필자)

동담치東譚峙의 아름다운 가을 풍광 묘사 속에서 자연으로
서의 삶을 수긍하는 시인의 인생관이 깊이 아로새겨진다.
시「동담치」가 지닌 문체적 특징은 문장에서 주어가 생략되
는 경향에 관한 것이다. 보다시피, 시의 첫 연부터 끝 3연까
지 인격적人格的 주어는 생략되어 있다. 1연의 주어는 시적 화
자인 '나'로 볼 수도 있으나, 문장으로 보면 "강물 거슬러 오
르는 꺽지 보내 비늘빛 그려 넣었다"라는 시문의 주어는 지
워진 채로이다. 2연에서 "미루나무가 서쪽으로 휘어진 까닭
은 새떼가 노을 몰고 우르르 내려앉았기 때문이라 했다"에
서의 주어도 지워진다. 3연에서도 "쪽창 열고 東譚峙 헤집어
보라 일러두었다"의 주어도 생략되어 있다. 이 시가 보여주
는 의미 맥락으로 보아, 비워진 주어는 시적 화자인 '나'로

모호하게 추정될 뿐이거나, 특히 2연의 인격적 주어는 '누구'인지가 생략되어 도통 알 수가 없다. 사라진 주어는 '누군가?' 하지만 이 물음에 대해 시의 표면적 내용만 가지고선 정확한 답을 구하기 어렵다. 그렇다면 물음을 바꾸어야 한다. 왜 시인은 위 시에서 인격人格의 주어를 생략하게 되는가? 이 질문은 시의 자연 곧 시의 무의식의 문제이다.

시문詩文에서 인격적 주어가 삭제된다는 것은 시적 화자에게서 주어인 누군가가 정확히 분별되지 않는 마음의 표현일 수 있다. 주어를 잊거나 생략하는 시인의 마음 또는 시적 상상력은 시적 화자의 마음이 외부의 타자들과 나를 따로따로 분별分別하기보다 시적 자아인 나와 타자인 누군가가 서로 무차별적이고 무분별한 관계에 놓인 존재들로서 받아들이고 있음을 보여주는 것이다. 그리하여, 시의 끝 연에서,

벌겋게 익은 강이 김 모락모락 피워 올려 가을 다 흘러가 버렸다 쪽창 열고 東譚峙 헤집어 보라 일러두었다

라는 알쏭달쏭한 시구가 이어지게 되는 것이다. 사실, 인간이 만든 문법에 의존하여 주어가 분명히 존재하는 문장은 인간주의적 의미론의 차원이 전제된 것이다. 하지만 인간 중심의 언어에서 벗어나 자연의 관점에서 언어를 이해한다면 자연에서 주어는 존재하지 않는다. 생명계는 무無주어의 세계

이다. 우주적 생명계에서 주어는 이질적 타자들이 맺고 있는 무궁한 관계망 속에서만 찾아질 수 있다. 바꿔 말하면 주어는 자연계에서 자신을 감추는 것이다. 육근상 시에서 주어의 사라짐은 이에 관련되는 것이다. 생명계의 뭇 존재들을 이성의 분별력으로 나누거나 가르거나 하지 않고, 주어인 그 누군가는 자연으로서의 무분별한 존재로 남겨놓는 것이다. 수많은 개별적 주체들은 서로 관계 맺고 융합하는 자연으로서의 존재들로서 주어의 빈 자리에 내재해 있다. 그러므로 위 인용한 시문의 주어는 자연이라 할 것이다. 이처럼 자연이 무주어의 주어로서 내재하는 시적 특징은 시인의 시적 상상력을 통해 곳곳에서 지속적으로 변주되어 나타난다.

　　장바구리 깨진 가래울 염소는 어디에 부딪쳤는지 기억나
　지 않는다고 하였다

　　항상 코끝이 빨간 핏골 사슴은 택시 문에 손가락 쪄 결국 한
　마디 잃고 말았다고 하였다

　　**당뇨 진단받고 술 담배 멀리하였더니 통 사는 게 재미없어
　못 살겠다는 갓점 여우**가 목도리 풀어내며 늙어서 그런 거라
　고 중얼거렸다

방아실에서 왔다는 오소리가 돌무지고개 가로질러 개고개
로 넘어가며 어부동 들어간다고 큰소리로 말하였다

어부동에는 도꼬마리고약 잘 만든다는 승낭이가 살아 내
탑에서 나룻배 타고 한나절은 내려간 적 있다 아침이면 새들
이 물안개 걷어내며 히죽이는 마을이었다

—「어부동」 전문 (강조_필자)

시인은 '어부동' 마을의 토착민들을 인명人名으로서 호명
하지 않는다. 주민들의 인명은 사라지고 동물명이 인명을 대
신한다. "장바구리 깨진 가래올 염소는" "항상 코끝이 빨간
팟골 사슴은" "당뇨 진단받고 술 담배 멀리하였더니 통 사는
게 재미없어 못 살겠다는 갓점 여우가" "방아실에서 왔다는
오소리가" "어부동에는 도꼬마리고약 잘 만든다는 승낭이
가"라는 이 시의 주어들은 인간과 동물간의 차별이나 분별
이 없음을 표현한다. 육근상의 시에서는 자연이 주어이기 때
문이다. 동식물과 인간은 서로를 포함하는 관계에 있다.

이는 인간과 동물들의 관계에 대한 시인의 무분별적이고
무차별적인 사유와 감각의 소산이랄 수 있다. 누구누구의
인물됨을 토종 동물이나 식물들 저마다의 생리와 이미지에
견주어 해당 동식물에 비유하는 것은 해학에 능숙한 이야기
꾼의 전통에 속한다고 할 수 있다. 동식물들이 인간들 각각

의 기질과 성격에 대한 알레고리로 쓰인 것이다. 그럼으로써 '어부동'이라는 시골 마을은 인간이 주인인 마을공동체에서 자연이 주인인 자연공동체로 변하는 것이다. 자연이 마을에 우선하고 선행한다. 그러니까 육근상 시에는 자연의 모든 존재들이 무차별적으로 시의 보이지 않는 주어로서 내면화되어 있는 것이다.

다른 시 「백 년 향기」에서도 죽음을 앞둔 병실의 환자는 한 꽃송이의 식물로 비유된다. 병자는 식물의 알레고리를 통해 유한한 존재인 '죽는 인간'에서 새삼스럽게도 무궁한 자연의 존재로 화생化生하게 된다. 이는 주어가 없는 자연이 시의 진정한 주어가 되는 시 정신에 이르러서야 가능한 일이다.

4. 소리는 시를 이루는 자연의 근원적 형식이다

육근상의 시에서 주어가 빈 자리의 주인은 자연이다. 하지만 인간과 동식물 등 모든 존재의 근원이 자연이라는 말은 관념의 논리로서 허위의식으로 흐를 공산이 크다. 자연이 인간의 알레고리로서 동원되는 흔한 동식물의 비유들, 또는 세속에서의 신산고초 없이 모든 존재는 초월적 근원으로서의 자연[神]으로 귀환한다는 논리, 더욱이는 인간계와 생명계의 뭇 존재와 사태들을 손쉽게 자연[道]으로 환원시키는 지적인(지식인적인) 허구적 상상력을 극구 경계해야만

한다. 한국시에 그런 자연으로의 손쉬운 환원 혹은 무조건
적 자연회귀의 상상력은 여기에 일일이 예를 들 필요도 없
이 널려 있다.

자연으로서의 인간 존재를 상상하는 육근상의 시편들이
깊이 신뢰받을 수 있는 것은, 다시 말하지만 도저한 시적 진
실성을 보여주고 있다는 사실에서이다. 이미 말했듯이, 그
의 시에서 가난은 보편적 가난이 아니라 지극히 사적인 가
난으로 서사되는데, 그 가난이 대개는 시인의 순탄치 못한
가족사를 통해 드러난다는 점에서 가슴 아픈 일이지만, 시
인의 영역을 벗어나 시의 영역에서 본다면, 그 사적인 가난
의 고통은 매우 이질적인 경험이며 내밀하고 진실한 고해告
解의 성질을 보여준다는 점에서 깊이 신뢰할 만한 것이다. 이
가난의 내밀한 고해 또한 육근상 시의 시적 진실성을 구성
하는 요소라고 말할 수 있다. 시에서 사적인 고통의 진실한
고백은 '자재연원의 시'의 관점에서 보더라도 자연스럽고
믿을 만한 시적 자산에 속하는 것이다.

시인 육근상의 시가 지닌 근원적 자연주의가 자연에로의
관념적 환원이나 섣부른 회귀와는 구별되는 시적 진실성은,
시적 문체의 고유성과 독특성에서도 찾아진다. 육근상의 시
는 시인 자신의 삶과 한 몸으로 연결된 고유한 시적 문체를
가지고 있다. 자기 삶의 현장에 뿌리내린 시 정신과 자기만
의 고유한 개성적 언어의 추구가 시인 저마다의 개인 방언

으로서의 시적 문체를 낳는다. 모든 시는 근본적으로 시인의 갈고닦은 '개인적 방언의식'을 가지고 쓰는 것이다. 그리고 이러한 개인 방언의 저마다의 고유성이 시적 진실성을 뒷받침한다. 육근상의 시적 문체는 자연의 철학에 상응하는 자연의 소리로서 토착어적인 방언의식에 철저하다.

표준어로 쓰는 시는 엄밀히 보면 시인 개인의 고유성을 담아내는 데 한계가 있다. 가령 추상적이고 합리적인 표준어로 표현되는 시적 이미지는 이미지를 매개할 뿐이지 언어 자체가 지닌 근원적인 힘을 갖지 못한다. 바꿔 말해 표준어로 쓰인 시는 '근원적인 청각적 지각'으로서의 말소리의 힘을 지니지 못한다. 그것은 표준어가 추상적 공식적 공리적 언어로서 자연의 깊은 근원에서 나오는 소리의 힘을 스스로 내재하지 못하기 때문이다. 육근상의 「풍경」「새똥빠지는 소리」「쉰일곱이로되」같은 시편들에서 보듯이, 시인은 인간과 자연 만물이 내는 모든 근원적 소리의 힘에 민감히 감응한다. 또한, 방언 및 사투리를 중심으로 한 많은 시어들은 저마다 청각적 지각을 자극하는 근원적 소리의 힘을 지니고 있음을 보여준다. 시인의 흥미로운 '소리시'들은 여기에 일일이 소개할 수 없을 정도로 많지만, 시인 특유의 개인 방언적 언어 감각을 유감없이 보여주는 「불목하니 임 처사 전 상서」같은 시는 '소리시'의 명편으로서 기념할 만하다.

절 들어가고 싶은 마음에 산세가 마치 닭발처럼 생겼다는 鷄足山 庵子 산 적 있지요 이른 봄이라 찬바람 불고 계곡 따라 걸으면 **얼음을 문 황톳길이 바스락 소리로 자지러졌지요** 거기서 무얼 깨우치거나 남겨진 공부 있는 것도 아니어서 한 바퀴 돌고 들어와 뜯긴 문풍지나 바르고 감잎차 마시며 **잘그랑 거리는 풍경소리 듣는 게 전부였는데요**

산짐승 한 마리 울지 않아 적막도 소음인 듯 진눈깨비 대신하는 五更 무렵이었을까요 잠 깨어 뒤척이다 **소주병 꺼내 뚜껑을 살짝 비튼 것인데요 기지개켜듯 따닥!** 뼈마디 소리 어찌나 듣기 좋던지 이게 그 어렵다는 해탈인가 싶더라고요 더듬거려 찻잔에 쪼르륵 따르던 맑은 소리는 해탈스님 법문인가 싶기도 하고요 그 소리 하도나 듣기 좋아 처사님 꼬드겨 해가 중천일 때까지 술 따르다 큰 스님께 한 소리 듣고 쫓겨난 것인데요 싸리꽃은 얼마나 무심하던지 잘 가라 인사 한마디 없더라고요

사러리 살다 다 잃고 들어와 불목하니로 사는 게 그렇게 좋다던 임 처사 방에 몹쓸 병 하나 두고 왔는데요 요즘 어떠세요 까닭 없이 우는 문풍지 소리 뒤로하고 계곡에 피던 벽자색 싸리꽃은 여전히 울렁거린다며 징징대고 있겠지요

　　　　　　　　　　—「불목하니 임 처사 전 상서」 전문 (강조_필자)

자연 만물이 내는 소리에 감응하는 시인의 청각적 능력과 '소리의 상상력'은 거의 관음觀音의 경지랄 수 있다. 특히 2연에 이르러, "산짐승 한 마리 울지 않아 적막도 소음인 듯"하고 "소주병 꺼내 뚜껑을 살짝 비튼 것인데요 기지개켜듯 따닥! 뼈마디 소리 어찌나 듣기 좋던지 이게 그 어렵다는 해탈인가 싶더라고요 더듬거려 찻잔에 쪼르륵 따르던 맑은 소리는 해탈스님 법문인가 싶기도 하고요" 하는 너스레에 가까운 시인의 목소리에 이르면, 시인의 청각의 능력이 감각이나 지각의 차원을 넘어 삶의 근원으로서의 소리의 초월적 경지("해탈")를 엿보고 있음을 알고 감탄하게 된다. 이는 "해탈 법문"이라 할 수 있는 소리의 초월적 경지 즉 근원적인 청각적 지각의 경지에 이름이라 할 수 있다. 점입가경인 것은, 시의 끝 연에서 산중에서 세속의 생활에로 돌아온 시적 화자는 여전히 산중의 온갖 소리에 취해 지내던 청각적 체험의 시간을 돌이켜보며, "몹쓸 병 하나 두고 왔는데요"라며 그 당시를 술회하고는 "까닭 없이 우는 문풍지 소리 뒤로하고 계곡에 피던 벽자색 싸리꽃은 여전히 울렁거린다며 징징대고 있겠지요"라고 하여 자연 만물이 내는 들어도 들을 수 없는 희언希言의 소리들을 추억하고 있다는 것! 이러한 대목은 시인의 청각의 능력이 자연의 물리적 소리 차원을 넘어 '소리로서의 자연'을 드러내는, 곧 무위자연으로서의 삶의 근원을 지각하는 비범한 경지에 이르렀음을 보여주는 것이다.

「불목하니 임 처사 전 상서」는 시인의 '자연의 소리'와 '소리의 자연'에 대한 깊은 시적 각성과 그와 연관된 시적 무의식으로서의 자연을 깊이 감춘 '소리시'의 진경珍景으로서 더 깊은 해석이 요청되는 명편이라 할 만하다. 가령, 이 시의 깊이에는 '소리는 시를 이루는 자연의 근원적 형식이다'라는 시적 깨달음, 더 깊이엔 '진짜 시인은 관음觀音의 도道에 든 소리꾼이다'라는, 소리꾼으로서의 시인의 새롭고도 독자적인 시인관을 천명하고 있는 것인지도 모른다. 걸작 「검은 하늘」도 같은 맥락에서 읽힐 수 있다.

5. 서정적 자아와 서사적 자아 그리고 巫的 자아

그러므로 이제 시인 육근상의 시를 가리켜, 자연의 소리 혹은 소리의 자연이 그윽이 담긴 '소리시'라고 칭할 수 있을 것이다. 소리시의 진경眞景은 자연의 소리가 지닌 묘력妙力으로 하여 새로운 생성변화의 기운을 보여주는 시의 경우에 만날 수 있다. 시집의 표제작 「滿開」는 육근상 시인의 시적 특성과 함께 소리시의 묘미와 묘력을 잘 보여주는 오묘한 기운의 소리시라 할 것이다.

꽃놀이 갔던 아내가
한 아름 꽃바구니 들고

흐드러집니다

선생님한테 시집간
선숙이 년이
우리 애들은 안 입는 옷이라고
송이송이 싸준 원피스며 도꾸리
방안 가득 펼쳐놓았습니다

엄마도 아빠도 없이
온종일 살구꽃으로 흩날린
곤한 잠 깨워
하나하나 입혀보면서

아이 예뻐라
아이 예뻐라

—「滿開」전문

　절창「滿開」는 시에서의 시적 자아의 존재 문제에 대하여
많은 시사점을 준다. 먼저 시의 내용은 대강 이렇다. 시의 1연
에서 시적 화자는 아내가 꽃놀이 갔다 흐드러지게 핀 한 아
름 꽃바구니를 들고서 귀가하는 모습을 서사한다. 아내가 꽃
놀이 간 것으로 보면, 때는 봄일 것이다. 2연과 3연에서 아내

는 선숙이라는 이름의 친지親知가 자기 애들은 안 입는 옷이라며 준 헌옷을 방 안에 가득 펼쳐놓고서, 온종일 엄마도 아빠도 없이 지내다 곤히 잠든 자식들을 깨워 헌옷을 하나하나 입혀보는 장면이 그려진다. 그러고는, 4연에서 "아이 예뻐라"를 되풀이하는 아내의 육성이 이어지고 시는 끝난다.

일단, 시인의 일상생활 속에서 일어난 어떤 특별한 사태를 사실대로 서사한 시라는 점에서 이 시가 지닌 시적 진실성을 엿볼 수도 있을 것이다. 그러나 이는 삶의 입장에서 시적 진실성을 보는 것일 테고, 시의 입장에서 시적 진실성을 보는 것이 필요하다. 시적 진실성은 삶의 진실을 바탕으로 하되 비유의 진실과 깊이를 지니는 것이어야 한다. 그러니까 이 시의 진실과 깊이는 삶의 진실과 깊이를 비유의 진실과 깊이로 보여준다는 데에 있다. 가령, 시의 1연부터 3연까지 봄날에 만개한 꽃의 이미지와 어린 자식에 대한 '흩날리는 살구꽃'의 비유로 인해 시적 화자의 가난한 생활상은 외려 화사함과 풍요함의 느낌마저 주고 있는 것을 들 수 있다. 시적 비유에 의해 만개한 꽃들의 화려한 생명력이 시인의 가난한 집안에 한가득히 생동하고 있는 것이다. 이처럼 가족의 곤궁한 생활을 "송이송이" '어여삐 만개한 봄꽃' 혹은 '흐드러진 살구꽃'으로 비유하는 것은 시인의 삶이 자연으로서의 삶에 육박하였음을 뜻하는 것이라 할 수 있다. 그래서 부모의 돌봄도 없이 놀다 잠든 자식들을 깨워 헌옷을 입혀보는 아내의 모습은 애틋한 심상을 불러오지 않는 것은 아니지만 그저 봄꽃이 만개한 자연의 자연스러운 현상으로서 다가온다. 곧 시적 화자는 자연의 자연스러움(自然而然)으로서의 삶인 안빈낙도安貧樂道를 누리는 것이다. 그래서 누추한 삶조차 봄날의 만개와도 같은 것이라 여기니, 시인은 시제詩題를 '滿開'라고 하였을 것이다.

이러한 시적 감성은 시인의 삶과 시가 이미 자연의 표상으로서 식물성의 생리에 접근해 있음을 의미하는 것인지도 모른다. 자연으로서의 삶이 자연으로서의 시를 낳게 되는 것이다. 그리하므로 4연에서 느닷없이 들리는 "아이 예뻐라/아이 예뻐라" 하는 아내의 목소리는 자연의 생기가 작용하는 시적 표현으로 해석할 수 있을 것이다.

하지만 이 시는 4연에 이르러서 시적 자아의 정체성에 대한 새로운 시각을 준비해야 한다. 새로운 시각을 위해서, 1~3연과 4연 사이에는 연 사이의 단절로서 가로놓여 있는 시적 자아의 심연을 깊이 해독해야 한다. 연 사이의 단절은 1~3연이 서사와 서정이 묘하게 어우러진 시적 형식인데 반해, 4연에 이르러 돌연 날것의 목소리 즉 육성의 형식으로 변한다는 점을 가리킨다. 4연의 날것의 목소리는 아내의 것인가. 아마도 그럴 것이다. 그러나 주목할 것은 1~3연에서의 서정적인 서사의 시구들이 돌연 "아이 예뻐라 아이 예뻐라" 하는 육성의 시구로 바뀌었다는 것이다. 즉 느닷없이 시적 화자의 성격이 바뀐 것이다. 이는 시의 형식에서 본다면, 타자의 목소리가 시적 화자의 목소리를 대신하는 것으로도 볼 수 있다. 물론 표면적인 의미 맥락으로 보면, 4연은 아내의 목소리로 보는 것이 타당하다. 하지만 이면적인 의미 맥락으로 보면 꼭 아내의 목소리로 단정할 수 없게 된다. 왜냐하면 시의 이면에서는 자연이 시의 주어로서 시적 자아와 함께 활동하고 있기 때문이다. 그러니 목소리의 주인이 아내이든 타자이든 목소리 자체는 모호한 대로 복합적인 시적 자아의 화생化生이라 할 수 있다. 그러하다면 "아이 예뻐라/아이 예뻐라" 하는 표면의 목소리는 시적 자아를 대신한 아내의 소리이기도 하고 이 시의 이면의 주어인 봄날의 자연이 내는 소리이기도 하다는 것. 자연이 시인이 사는 누옥陋屋의 주인이 되었다면, 아내의 목소리는 문면의 목소리일 뿐, 그 소리의 주인은 자연이라는 이름을 지닌 타자의 목소리라고 할 수 있다. 자연의 소리. 다시 말하지만, 아내의 목소리가 자연의 목소리가 될 수 있는 것은 시가 자연의 근원에 맞닿아 있기 때문이다. 시가 자연과 하나가 됨으로써 시의 소리는 그 자체로 자연의 소리를 내는 것이다. 아내라는 주어가 지워지고 소리만 들리는 것은 자연이 주인이 되었다는 뜻이기도 하다. 자연에는 주어가 없다면 인간이 만든 주어의 의미는 없어지고, 자연의 근원으로서의 소리가 있을 뿐이다. "아이 예뻐라/아이 예뻐라" 하는 소리는 스스로 의미를 지우는 소리이다. 무의미한 자연의 소리. 자연으로서의 시는 개념이나 의미로서 온전히 지각되지 않는다. 자연의 시는 근원적 청각으로서 지각된다. 그러므로 "아이 예뻐라" 하는 소리는 만물의 낳고 기르는 봄-자연의 소리이자 의미 없는 의미의 소리인 것이다. 근원적인 청각적 지각의 소리인 것.

앞서 말했듯, 노자는 자연道을 일러, 들어도 들리지 않는 소리 '희希'라 하였고("聽之不聞 名曰希") 자연은 희언希言이라 했다.("希言自然") 또 보아도 보이지 않음을 '이夷'라 하고 잡아도 얻지 못함을 '미微'라 하여, 희와 이와 미를 자연의 근원적 성격으로 설명한다. 자연의 본질은 잘 들리지 않고 눈에 띄지 않고 잡을 수 없는, 감각과 의식을 초월해 있다는 것이다. 순수직관만이 자연의 근원에 닿을 수 있다. "아이 예뻐라/아이 예뻐라"에는 개념이나 의미를 초월하여 청각적 순수 직관에 의해 들리는 자연의 근원적 소리가 있다. 소리의 주어 곧 소리의 주체가 보이지 않고 들리지 않음에도 들리는 소리인 희언. 소리의 현상現象이 없는 소리의 현상이라 할 수 있다. 노자는 이 자연의 현상을 '현상 없는 현상'("無象之象")이라 했다. 이 들림이 없는 들림으로서의 "아이 예뻐라/아이 예뻐라" 하는 소리는 가난을 자연으로 받아들인 그래서 초월적 영혼의 해맑은 소리로 들린다. 가난의 슬픔이 여과되고 정화되는 맑은 영혼의 소리로 현상現象되는 것이다.

그렇다면 의문이 생긴다. 어떻게 이러한 근원적 자연의

소리시가 가능한 것일까. 자연의 근원과 접할 수 있는 맑은 영혼의 소리시는 어떻게 가능한 것인가. 이 의문을 풀기 위해 아래 시를 주목해야 할 듯하다.

시오 리 벚꽃길이다
저 꽃길 걸어 들어간 할머니는
벼룻길 활짝 피려 했던 것인데

아버지 손잡고 얼마나 멀리 갔을까
훌훌 버리고 얼마나 낯선 길 들어섰을까
걸어간 자리마다
벗어놓은 흰 옷들 가지런하다

할머니 들어간 자리
아버지 들어가 뿌리 내리고
꽃가지 마다 아이들 내어
달빛달빛 흔들리고 있다

—「꽃길」전문

시의 첫 연, "시오 리 벚꽃길이다/저 꽃길 걸어 들어간 할머니는"라는 시문은 할머니의 죽음을 비유한 것이다. "저 꽃길 걸어 들어간"은 한국의 전통 장례의 비유이며, 지시관형

사 '저'는 시적 자아의 눈앞에 죽음의 세계가 함께 펼쳐져 있음을 알려준다. "할머니는/벼룻길 활짝 피려 했던 것인데"라는 시구는 시적 화자가 죽은 할머니의 마음속을 생생히 전달하고 있음을 보여준다. 2연에 이르러 "(돌아가신) 아버지 손잡고 얼마나 멀리 갔을까/홀홀 버리고 얼마나 낯선 길 들어섰을까/(…) 벗어놓은 흰 옷들 가지런하다"고 하여 저승에서의 할머니의 행위를 전해준다. 그리고 '할머니 들어간 자리에 아버지 들어가 뿌리 내리고' 그 조상님 복덕으로 '꽃가지 마다 아이들 내어/달빛달빛 흔들리고 있다'라는 다소 기괴하면서도 아름다운 시구로 끝맺는다. 아마 달빛 아래 나무 가지에 매달린 옷가지며 헝겊이 바람에 날리는 모습을 비유한 것인 듯한데, "(가지에 내어 걸린 아이들이) 달빛달빛 흔들리고 있다"라는 시구는 귀기鬼氣를 띤 지극히 미학적 비유라 할 수 있다. 특히 시어 '달빛달빛'은 시인이 만든 부사어로서 달밤의 그윽한 달빛을 떠올리면서도 달빛의 시각적 개념을 넘어 달빛이 품고 있는 자연의 원시성과 초월성을 근원적 청각의 힘으로 심도 있게 감응하고 지각하게 한다. 이는 매우 아름다운 시심을 지닌 서정적 자아가 시작詩作에 나서고 있음을 보여주는 바, 이로써 서정시적 자아가 죽음의 세계를 오가는 귀기 어린 자아 곧 무당적 자아와 함께 이 시 속에서 활동하고 있음을 보게 된다.("달빛달빛"같은 시구에서 알 수 있듯, 서정적 자아에 들러붙은 무당적 자아는 보이지 않는 빛깔과 들리지 않는 소리를 듣는 초능력적인 자아 또는 초월적 자아인지도 모른다.) 시「일몰」「흰꽃」등 여러 시편에서도 초월적 통각의 능력을 지닌 시적 자아가 내재하고 있음을 알 수 있다. 그러므로 우리는 다시 시「滿開」로 돌아가 "아이 예뻐라/아이 예뻐라" 하는 아내의 목소리의 이면에는 이질적이고 초월적인 목소리의 타자를 새로이 만날 수도 있을 것이다. 그것은 한국시의 장구한 전통 속에서 깊고 거대한 뿌리를 내려 왔으나 근대 이후, 겨우 목숨을 이어온 시인의 원형原型, 곧 무巫로서의 시적 자아가 아닌가. 아득한 옛날부터 자연의 정령이요 동시에 인간의 정령으로서 뭇 생명의 안녕을 위해 생사를 넘나들며 활동한 시인의 원형, 그 무巫의 활동을 육근상 시의 그늘에서 감지하게 되는 것이다.

시집 『滿開』 읽기의 즐거움

고형진(문학평론가, 고려대학교 교수)

아주 오랜만에 서정과 서사가 절묘하게 만나 끈적끈적한 사람의 체취와 가녀린 인간 내면의 감성이 동시에 묻어나는 시를 읽었다. 이런 시 읽기의 즐거움은 백석과 이용악 이후 처음일 것이다. 가공하지 않은 토박이 언어의 순박함, 구어체 화법에 실려 있는 인간 내면의 진실, 경험 사실에 바탕을 둔 시적 정황의 생동감 등이 어우러져 그의 시는 전율 넘치는 논픽션의 감동을 선사하면서, 또 한편으로 우리나라 야생식물에 기댄 애잔한 시상의 전개로 한 맺힌 전통 서정시의 치명적인 감동도 전해 준다.

시인은 그의 혈육과 인척, 그리고 이웃사촌들의 삶에 배어 있는 가난과 슬픔, 연민과 인정을 땀 냄새 나는 고향의 기층언어로 생생히 복원해 낸다. 그리하여 그의 시들을 읽으면 금방이라도 고향 사람들이 일제히 활자 밖으로 튀어 나와 웅성거릴 것만 같다. 우리는 그들과 대면하고 잊혀 가는 한국인의 유전자와 원형질을 되새기며 자신을 정비하고 자기 위치를 정렬하게 된다.

이 시집에서 몇 번 나오는 해학과 기지도 여간 반가운 것이 아니다. 스마트 폰의 사용 맥락에서 '오렌지'와 'ㅅㅂㄴ' 이란 시어로 유발되는 그 웃음 속엔 사람 사이의 오해와 사랑, 더 나아가 인간 삶에 내재된 감정의 반어와 역설이 모두 함축되어 있다. 한국의 오랜 문학 전통인 그 융숭 깊은 웃음을 오늘의 시에서 다시 만나는 것은 큰 축복이다.

끝으로, 시인이 재구해 낸, 사물의 이름에 붙은 충청도 토착어가 이렇게 아름답고 정감 넘칠 줄이야! 방언의 어석에 해당하는 부록의 낱말풀이는 이 시집 읽기의 또 하나의 즐거움이다. 육근상 시인을 통해 우리의 기름진 언어자원은 또 한 번 크게 확장되고 있다.

낱말풀이

가

가래울: 대전광역시 동구 추동 중추마을의 옛 이름

간재미: '가오리'의 일종을 일컫는 충청도 방언. 겨울철 별미 음식으로 갱개미라고도 불림

갈마동葛馬洞: 대전광역시 서구에 있는 동

갓점: 대전광역시 동구 효평동의 옛 이름이며 갓을 파는 상점이 있어 갓점이라고도 하며, 마을 뒷산이 갓처럼 생겼다고 하여 불리는 마을

개가改嫁: 과부나 이혼녀가 다시 시집가는 것. 일반적으로 과부의 재혼을 지칭한다. 부부 중 어느 일방이 사망하거나 이혼으로 인하여 부부관계가 해소되면 재혼하는 것이 당연한 것으로 받아들여질지도 모르지만 우리의 전통사회 윤리는 그렇지 못했다. 조선시대에는 재혼은 거의 남성에게만 국한되어 있었다. 즉, 남성의 재혼과 여성의 재혼은 같은 성격의 것이 아니었다.

거적때기: 헌 거적 조각

건건이: 변변치 않은 반찬

격지: 농어과에 속하는 민물고기로 몸길이가 24cm 정도로 조금 길고,

입은 크며 옆줄은 완전하다. 몸의 바탕은 회갈색으로 등 쪽은 짙고
배 쪽은 연하다. 아가미뚜껑 위에는 눈과 비슷한 모양의 청록색 무
늬가 특징적이며, 몸의 옆면에 흑색 가로무늬가 7~8개 있다. 하천
상류의 물이 맑은 곳에 서식하며 돌 밑에 잘 숨는다. 육식성으로
갑각류나 수서곤충류를 잡아먹는다. 낙동강 서쪽에서 압록강까
지의 서해로 흘러들어가는 여러 하천에 분포하며 산란기는 5월 하
순에서 6월 하순 사이다.

게옥질: '구역질'의 충청도 방언

경칩驚蟄개구리: 이십사절기의 하나인 경칩에 개구리나 도롱뇽 알을 건
져 먹으며 건강을 기원한 세시풍속

계족산鷄足山: 대전광역시 대덕구와 동구에 걸쳐 있는 산으로 높이는
429m로 산줄기가 닭발처럼 펴져 나갔다 하여 계족산이라 부름

고샅: 마을의 좁은 골목길

골방: 큰방의 뒤쪽에 딸린 작은방

공양주: 절에서 주로 밥을 짓는 사람

구절사䳀截寺: 충청북도 옥천군 군서면 상중리 식장산에 위치한 대한불
교 조계종 제5교구 법주사 말사

구즉: 대전광역시 유성구 구즉동으로 도토리 묵집이 밀집해 있는 지역

굴피나무: 호도과에 속하는 낙엽활엽수로 키가 5~15m까지 자라며 참
나무와 비슷하다. 경기도 이남 산기슭의 양지나 바닷가 수성암 지
대에 자생한다. 껍질은 굴피집 지붕 잇는데 사용하였고, 목재는 주
로 성냥골이나 공예품용으로 쓰였으며, 열매는 화향수과化香樹果

라 하여 한방에서 진통, 소종, 거풍의 효능을 목적으로 사용됨

긍게: '그러니까'의 충청도 방언

나

내탑: 대전광역시 동구 내탑동의 옛 이름이며 대청댐 공사로 대부분 수
몰되었고 동북쪽으로 주촌동, 서쪽으로 대청호, 남쪽으로 사성동
과 접하고 있음

넉가래: 곡식이나 눈 따위를 한곳으로 밀어 모으는 데 쓰는 기구

너와집: 나무가 많은 태백 산지·개마고원 일대·울릉도 등에서 통나무
를 잘라 만든 나무판자 또는 두꺼운 나무껍질을 이용하여 지붕을
이은 가옥으로, 너새집이라고도 한다. 너와는 단열 효과가 크고 통
풍이 잘 되어 여름에는 시원하고 겨울에는 보온 효과가 크다. 오늘
날 거의 사라지고 강원도 삼척 일대에 일부 남아 있다.

느: '너'의 강원도 방언

다

도굿대: '절구공이'를 의미하는 전라도 방언

도꼬마리고약: 도꼬마리는 국화과에 속하는 일년생 초본식물로 창이자
라고도 하며 줄기와 잎을 진하게 달여 고약처럼 만들어 종기나 악
창에 붙이면 효험이 있다 함

도랑: 매우 좁고 작은 개울

동담치東譚峙: 대전광역시 대덕구 비래동 비래암에서 옥류각[1] 경유하여
천개동[2] 들어가는 절고개 이름

뜰팡: 집 안 앞뒤나 좌우로 가까이 딸려 있는 빈터의 충청도 방언

마

말시: '말이지'의 충청도 방언

먹감나무: 오래된 감나무의 심재心材. 빛이 검고 단단하며 결이 고와 고
급가구, 건축, 조각재로 사용되고 주로 장이나 농, 문갑, 사방탁자,
연상 등의 판재로 사용됨

명월초: 다년생 식물로서 화분에 심어 집에서 손쉽게 기를 수 있다. 동절
기 5도 이상 최적온도 20~25도에서 잘 자라며 30~70cm까지 자
란다. 인도네시아어 '삼붕냐와'가 원명으로 아시아 각 국가에서
삼붕초, 명월초, 당뇨초, 구명초로 불리며, 다양한 종류의 항산화
제 성분이 포함되어 있어 당뇨와 고혈압에 좋고 피부 미백 및 위장
장애 개선에도 도움이 된다고 알려져 있다. 신의잎, 당뇨초, 콜레
스테롤시금치 등으로 불린다.

목사공파牧使公派: 옥천 육씨沃川 陸氏 4대 분파인 덕곡공파德谷公派, 목사
공파牧使公派, 순찰사공파巡察使公派, 낭장공파郎將公派의 한 파派

---

1 옥류각: 동춘당 송준길宋浚吉이 1639년에 세운 누각
2 천개동: 한국전쟁 당시 북한 실향민 집단 거주지

바

바람이 위에서 아래로 불 때: 이수광 저 '지봉유설 상권 風雲'[3]에서 인용

방뎅이: '궁둥이'의 전라도 방언

방아실: 충청북도 옥천군 군북면 대정리의 옛 이름

백당나무: 인동과의 나무로 우리나라 전국 어디서든지 볼 수 있는 나무로 꽃이 백색이고 불당 앞에 많이 핀다고 전해져 내려오기 때문에 백당나무라는 이름이 붙여졌다. 낙엽수이며 높이는 최대 4m까지 자란다. 다른 말로는 꽃이 접시같이 생겨 접시꽃나무라고도 불림

벼룻길: 아래가 강가나 바닷가로 통하는 벼랑길

변소간便所間: 대소변을 보도록 만들어 놓은 곳의 북한 방언

봉당마루: 주택 내부에 있으면서 마루나 온돌을 놓지 않고 바닥면을 흙이나 강회, 백토 등을 깔아 만든 공간을 봉당이라 하며 이를 마루 삼아 쓰는 곳

불목하니: 절에서 밥을 짓고 물을 긷는 일을 맡아서 하는 사람

빈털뱅이: '빈털터리'의 충청도 방언. 가지고 있는 재물이 거의 없는 사람을 일컬음

사

사러리: 대전광역시 동구 신하동에 있는 마을 이름

---

3 봄바람은 아래에서 위로 올라가고, 여름바람은 공중을 옆으로 불어가고, 가을바람은 위에서부터 아래로 내려가며, 겨울바람은 땅에 붙어서 간다

싸대고: 여기저기를 채신없이 분주히 돌아다니고

살煞: 사람이나 생물·물건 등을 해치는 모진 기운

새똥빠지다: 상황에 어울리지 않는 엉뚱한 말·짓을 함

서까래: 지붕판을 만들고 추녀를 구성하는 가늘고 긴 각재角材

서리태: 껍질은 검은색이고 속은 파란색을 가진 콩으로 서리를 맞은 뒤
에나 수확할 수 있다. 서리를 맞아 가며 자란다고 하여 서리태라는
명칭이 붙여짐

섬망譫妄 : 의식이 또렷하지 못해 헛소리를 하는 증상

소끔: 일정한 정도로 진행되는 모양

숭한: '흉한'의 평안도 방언

시접匙楪: 제사상 위의 수저 젓가락 놓아두는 접시

식장산食藏山: 대전광역시 동구 대성동과 충북 옥천군 군북면, 군서면의
경계에 위치한 높이 598m의 산으로 탄현, 숯고개라 불림

신탄진: 대전광역시 대덕구 신탄진동의 옛 이름

아

아래께: '접때'의 충청도 방언

아래무팅이: '아래편 어느 곳'을 지칭하는 충청도 방언

악다구니: 기를 써서 다투며 욕설을 함

애개미: 대전광역시 동구 신상동 아감 마을의 옛 이름으로 마을 모양이
물고기 아가미 닮았다 하여 애개미 마을로 부름

양짓말: 대전광역시 동구 추동 하추마을의 옛 이름

양칭이: 대전광역시로 편입되기 전 충남 대덕군 동면 용계리 마을의 옛
이름이었으나 대청댐 공사로 수몰되어 사라짐

양할머니: 양자로 간 집의 할머니

어부동: 충청북도 보은군 회남면 사음리의 옛 이름

어인마니: 심마니들의 은어로 산삼 캐기에 경험이 많고 능숙한 사람

언능: '얼른'의 전라도 방언

엄니: '어머니'의 충청도 방언

엉간: '웬만큼'의 충청도 방언

여: '여기'의 충청도 방언

여우다: '결혼 시키다'의 전라도 방언

여울: 강이나 바다에서 바닥이 얕거나 폭이 좁아 물살이 빠르게 흐르
는 곳

염생이: '염소'의 충청도 방언

오경五更: 하룻밤을 다섯으로 나눈 시각을 통틀어 이르는 말로 새벽 세
시에서 다섯 시 사이

오그리고: '움츠려 작아지게 하고'의 충청도 방언

우무팅이: '위편 어느 곳'을 지칭하는 충청도 방언

읎어: '없어'의 충청도 방언

이삭꽃차례: 가늘고 긴 꽃대 축에 꽃자루가 없는 작은 꽃이 여러 송이 붙
은 이삭 모양의 꽃차례

자

장바구리: '정수리'의 충청도 방언

재실齋室: 무덤이나 사당 옆에 제사를 지내기 위하여 지은 집

쟁여 놨더니: '따로 떼어 보관했더니'의 충청도 방언

정수원: 대전광역시 서구 정림동에 위치한 화장장

정짓문: 부엌으로 출입하는 문

조무래기: 어린아이들을 낮잡아 이르는 경상도 방언

주춧돌: 기둥 밑에 기초로 받쳐 놓은 돌

즈이: '자기'의 강원도 방언

지족마을: 대전광역시 유성구에 있는 동

진잠: 충남 대덕군 진잠면이었으나 대전광역시 유성구 진잠동으로 승격됨

징거미: 십각목 징거미새우과의 갑각류로 몸집에 비해 커다란 집게발을 갖고 있는 것이 특징이다. 바닥이 진흙이나 모래로 덮인 민물에 살지만, 산란기에는 알을 낳기 위해 바닷물이 섞여 있는 강 하구로 이동하는 습성이 있음

차

처사處士: 초야에 묻혀 사는 선비를 뜻하나 불가에서는 통상 여자신도는 보살, 남자신도는 처사라 쓰임

초우제: 장사지낸 뒤 처음 지내는 제사

파

퍼니기: 부엌에서 물을 받거나 흘려보내며 그릇이나 음식물을 닦고 씻

을 수 있도록 한 동이

풋눈: 초겨울에 들어서 조금 내린 눈

핏골: 대전광역시 동구 직동 찬샘마을의 옛 이름

하

행랑채: 주택의 바깥 부분에 해당되는 주거 공간

호미그늘: '작게 드리운 그늘'의 충청도 방언

화양연화花樣年華: 인생에서 가장 아름답고 행복한 순간

후일담: 법정 스님 『버리고 떠나기』

滿開
만개

1판 1쇄 인쇄	2016년 11월 1일
1판 1쇄 발행	2016년 11월 9일

지은이	육근상
펴낸이	임양묵
펴낸곳	솔출판사

기획편집	홍지은, 정봉제, 임정림
디자인	오주희
마케팅	김지윤, 배태욱
제작관리	김윤혜

주소	서울시 마포구 와우산로29가길 80(서교동)
전화	02-332-1526-8
팩시밀리	02-332-1529
홈페이지	www.solbook.co.kr
이메일	solbook@solbook.co.kr
출판등록	1990년 9월 15일 제10-420호

ISBN   979-11-6020-004-1   03810

• 이 시집은 대전문화재단, 한국문화예술위원회에서 사업비 일부를 지원 받았습니다.
• 이 도서의 국립중앙도서관 출판예정도서목록(CIP)은 서지정보유통지원시스템
  홈페이지(http://seoji.nl.go.kr)와 국가자료공동목록시스템(http://www.nl.go.kr/kolisnet)에서
  이용하실 수 있습니다. (CIP제어번호:CIP2016024758)
• 잘못된 책은 구입한 곳에서 바꿔드립니다.
• 책값은 뒤표지에 표시되어 있습니다.